文學與生命的五重奏

的五重奏

閱讀書寫課程教材編寫團隊 主編

目次

序一

閱讀，讓陽光走進來，讓生命亮起來

莫聽穿林打葉聲，

何妨吟嘯且徐行。

竹杖芒鞋輕勝馬，

誰怕？一蓑煙雨任平生。

料峭春風吹酒醒，微冷，

山頭斜照卻相迎。

回首向來蕭瑟處，

歸去！也無風雨也無晴。

——蘇軾〈定風波〉

「甚麼方式可以走出困境？」

宋代的蘇軾在仕途上一路顛簸，風風雨雨不斷，但是他選擇以平和安穩的心境行走生命的坎坷路，不因外在的風吹雨打消磨了心志，反而以審美的眼光欣賞生命路程中展現種種奇妙的風景。於是，竹杖和芒鞋也可以輕快勝馬，料峭春寒也可以讓自己更加清醒。因為他知道，走過風雨，迎面而來的必然是廓然澄清的天地，應當相信上天所賜的生命本質原來是純全美好的，就像雲上太陽一樣，決不會改變。所以他在最危苦的放逐海南島時，這麼說過：「雲散月明誰點綴，天容海色本澄清。」（〈六月二十日夜渡海〉）懷抱如此堅定信仰，又

何懼外在的憂患呢？

「甚麼方式可以面對紛擾？」

不能否認，在世俗的生活之中總會出現重重的紛擾，來自於自己，或者來自於他人，可預期的，或是不可預期的，彼此糾葛纏繞，甚至充滿各式各樣彎曲悖謬引人入罪的陷阱。在失去指引的時候，人們總拚命想掌握住什麼，或是攫取些什麼，在得不到時，便落入無望與無助的苦惱之中，不能自拔。那麼，指引在哪呢？唯有愛！因為愛是恆久的忍耐，又有恩慈，愛可以遮掩許多的罪，化解一切仇恨，愛是永不止息！上天已把這一份愛賜給我們了，教我們愛人如己，也就是活出心中的愛，祝福自己，也成為別人的祝福！

「甚麼才是最大的祝福？」

最大的祝福，便是保有一顆真誠的心。智者所羅門《箴言》說：「你要保守你心，勝過保守一切，因為一生的果效，是由心發出。」通過閱讀文學的篇章，我們可以激盪出心中良善與熱情，學習用更完善更優美的詞句傳達我們的真心與念想！

同學們！在生命的大教室中，我們都是學習者。讓我們一起在《文學與生命的五重奏》的閱讀與思考中，隨著前輩文學家美好的作品，認識生命的流轉變化，在人生必經的處處風景，探索自我生命的意義，認識病苦的訊息，體貼他人的處境，溫暖冷漠的社會，與周遭環境和諧共樂，在生命一路前行的路上，大無畏！打開心房，用愛呼吸，讓陽光走進來，讓生命亮起來！

明道大學國學研究所所長　羅文玲謹誌

2015年1月小寒於開悟大樓

序二
大學國文課程閱讀書寫計畫

　　在過去一年的時光中，幾次與學校同事們一同參與計畫辦公室所舉辦，以「生命教育」為主題的教師社群研習營，在聆聽講者分享自己的生命歷程時，心靈幾番與之激盪。這股心靈的波動總在研習結束後，如同漣漪一般迴旋，延展至今。

　　生命的故事總是吸引人的，何況生命的歷程若充滿曲折與驚奇者，更是如此。個人投身文學教育多年，深覺在閱讀文學作品的同時，其實也正在閱讀作家的生活體驗與對生命歷程的感悟。而生命教育即是激發學生對於自我心靈的覺醒，藉由閱讀作家自我生命歷程的書寫，去觀照自我，進而改善周遭與人與物的互動關係，以提昇自我生命的內涵，展現生命關懷。

　　在2013年7月，明道大學通過教育部補助「全校性閱讀書寫課程推動與革新計畫」——「B類中文語文教養教師群組課程」計畫，此計畫以「生命教育」為核心，設計將「生命教育」的理念融入大學國文課程之中。上學期的主題為「生命列車」，主要目的在於啟迪學生對自我生命的覺察，分為五大教學單元進行，依序為「家庭同心圓」、「友情心電圖」、「緣來就是你」、「養生深呼吸」、「生命向前走」，從親情、友情、愛情、健康以及臨終等相關課程，探索自我的生命意義；下學期的主題為「生命風景」，主要目的在於激發學生對生命的關懷，分為五大教學單元進行，依序為：「我思故我在」、「病痛拉警報」、「男女囧很大」、「溫暖關懷心」、「環保

最樂活」，從個人成長史、疾病、性別平等、關懷弱勢、生態環保等相關課程，教育學生以同理心關懷生命族群。此外，藉由學生多元習作方式表達對自我生命的反省與書寫，進而達到生命教育的目的。

　　此閱讀書寫計畫之推動，首先要感謝本校陳世雄前校長、林佑祥前副校長、何偉友教務長、蕭雅柏主任、陳蓬桐祕書，本著關懷大一國文教學革新的精神，對於本計畫的支持與執行上的協助。此外，尤其特別要感謝羅文玲所長以及詩人蕭水順教授（蕭蕭）在課程規劃上的指導。最後，要感謝一群對大學國文充滿專業熱誠的教學團隊，全心全力投入教材的編纂與教學資源的開發，使得「生命教育」的核心理念，得以融入大一國文而順利實施。

　　何其榮幸，在當今大學殿堂，能透過此計畫的執行，師生一同在生命課題的互動中，彼此學習、分享對於生命的關愛與感動，相信愛如一炬之火，能照亮你我的內心，藉由教育傳達溫暖的關懷。

計畫主持人　陳鍾琇
序於明道大學開悟大樓研究室
2015年1月6日

序三

如何聆賞這曲五重奏的絕妙

　　本書專為大一國文課程而設計，主要在加強大學生的閱讀書寫能力，以作為學生學習的軟實力。大一國文為了因應不同科系學生選修的條件，以「生命教育」為最大公因數，特別針對「生老病死」相關議題進行文學選篇與討論，與過去文學本位的教學法不同，而採以互動式、對話溝通、翻轉教室為課堂經營模式，希望學生可以在學習過程中敞開心胸、分享生命，達到教學相長、生命交會的光亮。本書延續上學期《文學與生命的交響樂章》之設計理念，特別針對共時性、空間性的「人生風景」作為核心理念，展開多元的對話，也是本書《文學與生命的五重奏》命名的由來！

　　為了在教學上產生多元共鳴、同情理解，書中的每一選篇各有「奏鳴曲」、「主旋律」、「協奏曲」、「迴旋曲」、「插畫」等五種元素。

　　◎「奏鳴曲」為文章本文，穿插加上段落賞析與局部注釋，在本文中穿插「間奏」交替循環，宛如旋律的獨奏面貌。

　　◎「主旋律」為作者簡介，加上全篇選文的整體賞析。了解作者的創作生涯與寫作特色，便是掌握了該重奏的主旋律。

　　◎「協奏曲」為閱讀完本文延伸出來的學習活動，設計適合課堂教學使用的學習單，讓學生的回饋和創意加入新的重奏，因而命為「協奏曲」。

　　◎「迴旋曲」為延伸閱讀的推薦書單，至少五種，不限於書面文

字，也包含影視文學，讓學生在課餘有自學對象，將學習無限延伸，就像多重奏的餘音繞樑。

　　◎「插畫」為與選文相應的圖畫作品，由各篇撰文老師自由搭配，呈現多元風格的拼貼，收到繪圖療癒、重奏交響的效果。

　　此外，針對教材規劃中，對於課堂上學習單的習作，還另外設計了一本「筆記書」，提供給每位學生將整本教材的習作、整個學期的成品集結成一本專屬於自己、課程的手工書，並搭配校內成果展公開展出。

　　閱讀書寫計畫的授課老師們、教學助理（TA）們已經準備好了，要跟大一新鮮人來一場文學與生命的交會！到了下學期，準備寫出更大格局、更為深刻的作品，看見自己一學年下來語文能力的明顯進步，並將自己與生命的對話足跡，確實在課程中體現。

　　同學，你準備好了嗎？準備迎接全新的、體驗式、翻轉式的國文教學吧！

計畫協同主持人　王惠鈴

謹筆於彰化明道大學

2015年1月6日

「我思故我在」

我是誰？在這個世界上，他人如何看待我？我
又如何看待自己？如果可以自由選擇，如果沒
有他人的眼光，沒有許多條條框框，我會想讓
自己成為什麼樣的人？反過來說，如果四周圍
都是逼迫與壓制，我又會以何種的面目立足？
如何讓自己活得更像自己？所選的篇章有：

屈原〈橘頌〉，極力歌頌橘樹堅定不移、芬芳
高貴的特質，如同橘樹的知己，也藉此期許
自己要有橘樹一般的精神及品格，即使身處逆
境，與世俗不同調，仍不改志士愛國的生命情
操。

幾米〈夾縫人〉，藉由精美簡潔的圖與文，呈
現人在工作職場中面臨社會現實左右夾殺的
酸楚，以自我解嘲的方式，笑中帶淚，悲中作
歌，表達最深刻的無奈與哀愁；然而生活儘管
是殘酷的，還是奮力在夾縫中開出一朵花！

獨奏「我思故我在」選篇一：
屈原〈橘頌〉

▌奏鳴曲 ▌ ❖

后皇¹嘉樹，橘徕服²兮。
受命不遷，生南國³兮。
深固難徙，更壹志⁴兮。
綠葉素榮⁵，紛其可喜兮。
曾枝⁶剡棘⁷，圓果摶⁸兮。
青黃雜糅，文章⁹爛兮。
精色內白，類可任¹⁰兮。
紛縕¹¹宜脩，姱¹²而不醜兮。

---

1 后皇：猶言「皇天后土」，代稱天地。
2 徕服：適宜於這片水土。徕，同「來」。服，習慣。
3 南國：江南國度，指楚國。
4 壹志：志向專一。
5 素榮：白色的花朵。
6 曾枝：指層層枝葉。曾，通「層」，音ㄘㄥˊ。
7 剡棘：指樹枝尖刺。剡，銳利，音ㄧㄢˇ。
8 摶：圓的意思，在此意指飽滿，音ㄊㄨㄢˊ。
9 文章：文采，指橘子青黃斑斕的色彩。
10 任：指擔當重任。

•間奏*1*•

屈原認為，橘樹天生適合在這塊土地生長，質性堅定，不隨便遷移。作者筆下的南國之橘，正如堪託大任的君子，並藉歌頌橘樹，以橘擬人，說出自己對楚國有一份不容改變的使命感，志向也是如此專一。再從橘樹的綠葉、素花、姿態，甚至樹枝之尖刺、果實之色彩、果肉之質地等各方面，象徵自己內在的氣韻芬芳，以及外在的翩翩儀態，具有與眾不同的美質。詩的第一小節，雖以描繪橘樹為主，但從字裡行間，人們卻可強烈地感受到詩人對祖國「嘉樹」由衷讚美之情。

嗟爾幼志，有以異兮。
獨立不遷，豈不可喜兮。
深固難徙，廓[13]其無求兮。
蘇世[14]獨立，橫[15]而不流[16]兮。
閉心自慎，不終失過兮。
秉德無私，參天地[17]兮。

---

11 紛縕：香氣濃厚的樣子。縕，音ㄩㄣ。

12 娉：美好，音ㄅㄨㄚ。

13 廓：開闊，指心胸豁達。

14 蘇世：在俗世上保持清醒。蘇，同「甦」。

15 橫：指橫立不屈，保持自我。

16 不流：不隨波逐流。

17 參天地：可以和天地相配。參，參配。

•間奏 2•

屈原對橘樹讚美，除外在形態之外，更在於它的內在精神。因此，指出南方楚國的橘樹，特別秀異出眾。再次以擬人法來表示橘的特質，獨立於世，不肯遷移，這志節豈不令人歡喜！扎根深固，胸懷開闊，無慾無求；超然自立，不從俗流；潔心自愛，不曾有過失；如此美德而無私慾，直可與天地媲美。詩的第二小節，感歎橘樹雖然幼小，卻懷抱「蘇世獨立」、「橫而不流」的氣概，暗示自己也嚮往高風亮節的志向，決不與世俗同流合汙。

願歲并謝，與長友[18]兮。

淑離[19]不淫，梗[20]其有理兮。

年歲雖少，可師長[21]兮。

行比伯夷[22]，置以爲像[23]兮。

---

18 與長友：永遠與橘爲朋友。

19 淑離：指美麗的樣子。離，通「麗」。

20 梗：堅強的樣子。

21 師長：當作動詞，意指作爲師長、表率。

22 行比伯夷：品行比美古人伯夷。伯夷，商末孤竹君的兒子，周滅商之後，伯夷與弟叔齊義不食周粟，最後餓死於首陽山中，後世稱頌是有節操之士。

23 像：榜樣。

•間奏 *3*•

屈原對自己說道，不管歲月流逝，願和橘樹永遠當朋友。再次藉詠讚橘樹堅強不改的特色，轉喻本身秉性的良善美好：現在年紀雖輕，但言行有度，可以為人表率；以媲美伯夷的品行，作為自己立身的榜樣。詩末段：「願歲并謝，與長友兮」一句，是採用「物我合一」的筆法，以橘為知己。尤其連結至「行比伯夷，置以為像兮」收尾，呼應前代特立獨行的賢者，全詩境界大開，反映出古今志士的生命風景。由前文讚美的橘樹，至此處匯聚成自己身處逆境仍不改操守的志士精神！

——本文選自宋‧洪興祖：《楚辭補注》（北京：中華書局，2002）。

▌主旋律▌ •

　　屈原（前352～前251），本名平，字原，是戰國時期楚國貴族中傑出的人才。司馬遷《史記》記載其「博聞強志」、「嫺於辭令」，曾任楚懷王的左徒，深得信任。後因反對楚國親秦的政策，而被寵妃鄭袖、令尹子蘭和上官大夫靳尚，這等小人進讒言，楚君於是漸漸疏遠屈原；甚至先後被懷王、頃襄王流放至漢北、江南。屈原放逐失志後，眼看著國勢日弱，只好以詩歌來抒發自己憂國憂民的心情，但仍無法解除其心中愁苦，最後投汨羅江而亡。屈原作品，常以「香草美人」來進行譬喻，並深刻傳遞著愛國情操、人品高潔等風格，這些特色可從〈離騷〉、〈卜居〉、〈漁父〉等作品中得知。

　　〈橘頌〉選自屈原《九章》，是屈原早年的作品，藉詠物以抒寫

懷抱，讚美橘樹的秉質良善，以自況堅貞的情操和高潔的人格。本篇寫作特色，句式以四字為基調，押韻自由，「兮」字運用多求變化；並善用譬喻技巧，兼以擬人手法，藉物（橘）的形象，賦予人格化，進一步述說自己的志向，是一篇詠物傑作。作者透過描繪橘樹的堅定不移、芬芳高貴等特質，藉此進行「述志」。詩中，屈原期許自己要有橘樹的精神及品格，即使身處逆境，與世俗不同調，仍不改志士愛國的生命情操。

▌▌協奏曲▌ ·————————————————

人一生中，認定自己的方向，矢志不移，才能真正彩繪出屬於自己獨一無二的生命風景。不要期待人生是一帆風順，首先要了解自我的特質，其次又該了解社會的是非明暗，如何身處在社會環境的汙流而不輕易妥協；最後還要用勇氣與智慧抗衡一切壓力。倘若，能夠在種種不順遂的環境中鍛鍊意志、修養德行，生命本質就能昇華。

請同學一起來問問自己吧！我的特質與志向是什麼？人生旅途中，我會採用什麼態度面對困境？我想創造出什麼樣的美麗人生？

橘心精色內白，正如屈原的心志：紛吾既有此內美兮，又重之以修能。（圖：劉芸攝）

【問問自己】學習單

一、 我的特質與志向？	
二、 我面對困境的態度？	
三、 我為自己的美麗人生畫的藍圖？（可用手繪方式來呈現）	

▌迴旋曲▐ •⊷————————————————

1. 東漢・馬援：〈戒兄子嚴敦書〉，《新譯古文觀止》（臺北：三民書局，2012）。

2. 東晉・陶淵明：〈歸去來辭〉，《新譯古文觀止》（臺北：三民書局，2012）。

3. 唐・張九齡：〈感遇〉，《唐詩選注》（臺北：里仁書局，1995）。

4. 宋・蘇軾：〈卜算子〉，《詞曲選注》（臺北：臺灣學生書局，2004）。

5. 喬斯坦・賈德：《蘇菲的世界》（臺北：木馬文化公司，2010）。

6. 胡玫（導演）：《孔子：決戰春秋》（臺灣：甲上公司發行，2010電影）。

（薛雅文、陳憲仁選編）

屈原以橘子作為人格的代表，你又會以什麼蔬果代表自己？
比如說苦瓜？（圖：劉芸攝）

獨奏「我思故我在」選篇二：
幾米〈夾縫人〉

▌奏鳴曲▌‧──────────────────────

我敢大聲地說，我比一般人更懂得在夾縫中求生存！（圖：幾米）

職業	夾縫人	
姓名	阮自剛	
年齡	25歲	
星座血型	射手座O型	

我敢大聲地說，我比一般人更懂得在夾縫中求生存，
因為那是我每天的工作。
要做這樣的工作，其實也不難，只要腦袋願意放棄所有尊嚴，
身體就自然不會有問題。
不能有一絲一毫的自我，無所謂面子、
裡子、人格掃地等低層次問題，只要無所謂地隨波逐流，
不要去對抗，要放輕鬆，忍耐忍耐再忍耐，
直到你完全忘了你在忍耐這件事。
只要能撐過一時，就能完全體會到揮灑自如的美妙境界。
剛開始當然很難，但久了就習慣了，有時候我還會忘了自己是人，
真以為自己是一隻可愛的變形蟲哩。

最大的夢想：永遠不要發胖，否則就別混了。
最開心的事：和美麗的女生約會。
最難過的事：牙齒痛。我好怕治療牙齒。
最喜歡的事：和別人分享我工作及生活上的甘苦。
最討厭的事：跟我約會的人遲到。
一生中最得意的事：參加學生運動，帶領同學們向政府抗爭成功。
一生中最失意的事：沒什麼特別值得說的。

附註	我常常忘了我是誰，為什麼活著。（大概是我的職業病吧！）我對人生感到悲觀，也早忘了童年時的夢想，與長大後的願望。在夾縫中生存久了，身心早就扭曲了。

我敢大聲地說，我比一般人更懂得在夾縫中求生存，

因為那是我每天的工作。

要做這樣的工作，其實也不難，只要腦袋願意放棄所有尊嚴，

身體就自然不會有問題。

•間奏 *1*•

幾米的作品有意思的地方，在於他的圖文總是虛虛實實地表達一種深沉的無奈與哀愁。夾縫人建構出一種為生活而不能自主的形象，如同世間許多人為了生活溫飽必須工作，為了求得工作而喪失了自我，甚至為了活下去而必須迎合俗眾，放棄了自己的尊嚴。對一般人來說，放棄尊嚴是最難以承受的，所以當你放棄了尊嚴，職場上再也沒什麼是不能承受的。

不能有一絲一毫的自我，無所謂面子、

裡子、人格掃地等低層次問題，只要無所謂地隨波逐流，

不要去對抗，要放輕鬆，忍耐忍耐再忍耐，

直到你完全忘了你在忍耐這件事。

只要能撐過一時，就能完全體會到揮灑自如的美妙境界。

•間奏 *2*•

幾米歷經生命的挫折，對人生有更多的體悟，他的作品無奈地反映著現實社會的殘酷。「體會到揮灑自如的美妙境界」充斥著自嘲的語氣，幾米的「體會」猶如啟悟（initiation）一般。「啟悟」一詞的意義，所指為「青少年過渡為成年的認知」。斐德勒（Leslie A. Fiedler）把「啟悟」界定為「幸運的失落」

（fortunate fall）：「啓悟是因對成年知識的了解而發生的失落；在此背後是對於伊甸園神話的固執。」即分別出善與惡的成年知識，將伴隨著天眞之快樂的喪失，並承擔起工作、生育和死亡的重任。

剛開始當然很難，但久了就習慣了，有時候我還忘了自己是人，眞以爲自己是一隻可愛的變形蟲哩。

・間奏 *3*・

「剛開始當然很難，但久了就習慣了，有時候我還忘了自己是人」，凸顯了面對現實社會的無奈與悲哀。人在社會中要能生存往往必須迎合俗眾的認同與交往模式，爲了適應現實社會的生活模式，原來純眞的自我將被淹沒，甚至最後都忘了自我的存在而習慣於隨波逐流，最終喪失了自己而不自知。因此該篇附註：「我常常忘了我是誰，爲什麼活著。我對人生感到悲觀，也早忘了童年時的夢想，與長大後的願望。在夾縫中生存久了，身心早就扭曲了。」

——本圖文選自幾米：《履歷表》（臺北：大塊文化，2004）。

▌▌主旋律▌ ❖───────────

　　幾米（1958～），本名廖福彬，是臺灣著名繪本畫家，其筆名來自其英文名Jimmy。幾米出生於宜蘭，畢業於中國文化大學美術系，曾在廣告公司工作12年，後來為報紙、雜誌等各種出版品畫插畫。1995年，幾米患血癌，在家休養的三年期間，重新開始畫插畫。就在此時，他的插畫作品開始受到更多的注意。1998年，幾米在臺灣出版個人最早的兩本繪本創作《森林裡的祕密》與《微笑的魚》，獲頒年度中國時報開卷最佳童書、民生報好書大家讀年度最佳童書、聯合報讀書人最佳童書獎，從此成為繪本作家。1999年，作品《向左走·向右走》獲選為當年金石堂十大最具影響力的書，其後並被改編成音樂劇、電影及電視劇。2003、2004年陸續出版《幸運兒》、《你們我們他們》、《又寂寞又美好》、《履歷表》等作品，內容題材與風格多有創新。幾米的作品風靡兩岸三地，美、法、德、希臘、韓、日、泰等國皆有譯本，《微笑的魚》、《星空》等更被改編成動畫電影，2003年Studio Voice雜誌選為亞洲最有創意的55人之一。

　　幾米個性內向，擅於透過細膩的情思去感受週遭的人事物，將內蘊的情感、思緒經由「繪畫」來傳達他對生命的體悟。幾米曾說：「我靠著畫插圖維生，同時宣洩我的哀愁，突然變得有好多的話要說，於是我將重生後點點滴滴的細微感動，畫成了一本本的畫冊。」，他的繪本有著個人強烈的生活關照。

　　本文選錄自幾米《履歷表》。《履歷表》發表於2004年，他以個人敏銳的觀察力詮釋我們為什麼工作？並以最精簡的圖文呈現各行各業在現實社會的酸楚，笑中帶淚、自我解嘲似地表達最深刻的哀愁，作者於書後蝴蝶頁所言「當我填寫履歷表時，我就開始練習說謊」，

〈夾縫人〉一篇更見作者以極度自嘲的方式來反映現實社會的殘酷。

▉|協奏曲| ⋯⋯

　　每個人歷經成長、求學等過程，最終都必須走入職場。求職的過程中，我們往往需要透過履歷表作為投石問路的第一步，進而透過履歷表來尋求一份安身立命的工作。讀完幾米《履歷表·夾縫人》後，這篇極具個人色彩的履歷表讓我們略見幾米這個人的人格特質與處事態度；或許我們也可以嘗試構思著：如何撰寫一篇讓別人認識自己的履歷表？請同學們發揮想像力與創造力，透過各種圖文整合等方式，編撰一則契合個人特質的履歷表。

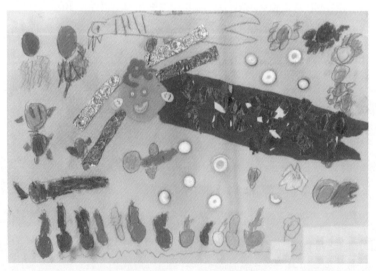

想要多彩多姿，想要自由變幻，想要無拘無束，張開雙眼直視繽紛世界。（圖：李翊瑄）

【創意履歷表】學習單		
職　　　業		（個人圖照）
姓　　　名		
年　　　齡		
星座／血型		
（自我簡介）		
（我之最）最大的夢想、最開心的事、最難過的事、最喜歡的事等等，愈多愈好！		
附　　　註		

▌│迴旋曲│•

1. 幾米：〈雙面人〉，《履歷表》（臺北：大塊文化，2004）。
2. 蔣勳：〈發現自己的存在〉，《天下雜誌2001年教育特刊》（臺北：天下雜誌，2001）。
3. 劉墉：《肯定自己》（臺北：水雲齋（吳氏總經銷），1991）。
4. 王念綺：〈讓自己大賣〉，《30雜誌》36期（臺北：天下文化，2007）。
5. 吳念眞（編劇）：《魯冰花》（臺灣：高仕影業股份有限公司，1989電影）。

（謝瑞隆選編）

光鮮亮麗的表象，是裝扮過的我；在黑暗的甬道中，馬不停蹄，才是我內心的脈動。（圖：李翊瑄）

「病痛拉警報」

人是肉體血氣之軀，伴隨先天與後天的因素，
身體總會以病痛的方式發出警報。在病痛面
前，你會如何與病痛共處？是否可以從病痛中
體悟出病痛的語言和訊息？所選的篇章有：

周大觀〈我還有一隻腳〉，面對自己的截肢，
卻能夠以失聰的樂聖貝多芬、盲人立委鄭龍
水、盲聾教育家海倫凱勒、當選十大傑出青年
雙腳畸形的鄭豐喜自勉，顯出其勇敢不凡的生
命態度。

江自得〈癌症病房〉，從病房的空間引領讀者
體解癌症病人的心境，由寂寞而思念，由思念
而告別；但是在告別之際，卻望見曙光裡的生
命力，燃升新希望。

二重奏「病痛拉警報」選篇一：
周大觀〈我還有一隻腳〉

▌▌奏鳴曲▌ ∘—————————————————————

貝多芬[1]雙耳失聰，	Beethoven, two deaf ears,
鄭龍水[2]雙眼失明，	Jeng Lung Sheei, two blind eyes,
我還有一隻腳，	I still have one leg,
我要站在地球上。	I want to stand on the Earth.
海倫凱勒[3]雙眼失明，	Helen Keller, two blind eyes,
鄭豐喜[4]雙腳畸形，	Jeng Feng Syi, two disabled legs,
我還有一隻腳，	I still have one leg,

1　貝多芬（Ludwig van Beethoven，1770～1827），德國最偉大的音樂家之一。因生於音樂世家，年幼時已展現驚人的琴藝並登臺表演，後來前往維也納深造。一生創作9首交響曲、35首鋼琴奏鳴曲，另外還有弦樂四重奏、小提琴奏鳴曲、室內樂、藝術歌曲、彌撒、歌劇等豐富而多元的作品。然而，貝多芬近三十歲時，就為耳疾所苦，後來漸漸惡化而終至全聾；但是他在失去聽力的痛苦狀態下，仍創出令人激昂感動的樂章，故被後世尊為「樂聖」。

2　鄭龍水（1959～），出生於高雄茄萣。幼時罹患青光眼，視力微弱，雖四處求醫後減緩惡化，卻在國二時騎腳踏車跌倒終至雙目失明。因恩師王福生老師一路鼓勵，他通過「盲聾生升高中甄試」，考入臺中二中；繼之，又考取淡江大學中文系就讀。畢業後，成立「愛盲文教基金會」，幫助諸多視障者。此外，鄭龍水還當選為全世界第一位視障立委，三度入選國會十大優秀立委。卸任後，殘而不廢的他勤奮地取得臺大碩士學位，現正攻讀博士班，著有自傳《我看到了彩虹——盲者之歌》。

我要走遍美麗的世界。　I want to walk all over the beautiful world.

•間奏1•

作者雖然只是一位不到十歲的孩子，但面對自身的病況，他卻能誠懇且充滿信心地舉出大眾耳熟能詳的諸位生命鬥士自勉。另一方面，作者所舉的例子是「雙耳」、「雙眼」、「雙腳」有殘缺，但是他兩次強調：「我還有『一隻』腳」，意謂自己比這些人幸運，呈顯了他不畏病魔、知足樂觀的人生態度！

──本詩選自周大觀：《我還有一隻腳》（臺北：周大觀基金會，2008中英對照版）。

3　海倫‧凱勒（Helen Adams Keller，1880～1968），美國著名身障教育家、女作家、社會運動家。在她19個月大時，一場重病奪去她的聽力與視力，從此成為盲聾人士。1887年，安妮‧蘇利文老師來到海倫的身邊，成為啟蒙也是影響她一生的恩師。在老師的教導下，海倫逐漸學會閱讀與發音；更甚而考取哈佛大學Radcliffe學院，並於1904年畢業。1924年，她成立「海倫‧凱勒基金會」，1946年任美國全球盲人基金會國際關係顧問。海倫一生至許多國家演講、關懷弱勢族群，並在世界各地爭取興建盲人學校。1964年，獲美國公民最高榮譽「總統自由勳章」。海倫一生共寫了14部著作，亦有導演將她的故事拍成電影，鼓動無數人心。她去世後，1971年國際獅子會的國際理事宣佈將每年6月1日定為「海倫‧凱勒紀念日」。

4　鄭豐喜（1944～1975），出生於雲林口湖。他在自傳《汪洋中的一條船》敘述：「右腳自膝蓋以下，前後左右彎曲；左腳自膝蓋以下突然萎縮，足板翹上」，天生雙腳殘疾，注定只能爬行；母親本來想結束他的生命，幸賴祖父保護才存活下來。刻苦耐勞的鄭豐喜，經苦讀考上北港高級中學，後又考取中興大學法商學院法律系；畢業後，與吳繼釗女士結婚，兩人均在口湖國中執教。1974年，鄭豐喜榮獲第十二屆「十大傑出青年」，翌年卻因肝癌而過世。1977年，其遺孀吳女士成立「鄭豐喜文教基金會」，此為當時國內最早從事身心障礙公益慈善業務的單位；爾後，又創立「鄭豐喜紀念圖書館」紀念他，保留他生前日用物品供民眾參觀。

▌主旋律 ◦——

　　周大觀（1987～1997），是周進華與郭盈蘭賢伉儷求醫6年、人工受孕6次，好不容易才盼到於臺北榮總誕生的孩子。大觀5歲時，對於四書五經與詩詞已能熟練誦讀；就讀小學後，更養成寫日記的習慣。除了嶄露對文學的興趣，他也喜好音樂，成為臺北大豐國小第一屆管絃樂團的第一小提琴手。

　　1996年寒假，大觀隨家人至美國遊覽，返回後不久發現腫瘤，經醫師診斷為「軟組織肉瘤橫紋肌癌」。此期間，大觀歷經兩次手術清除癌細胞、12次化學治療、30次鈷六十照射治療以及截肢手術。1997年2月，他堅持親自參與臺大醫院為其召開最後一次的「醫療評估會議」，會議的結果不甚樂觀。但是堅強的大觀透過詩作以及散文，表達抗癌的決心與熱愛生命的積極精神。這些作品整理集結後，以《我還有一隻腳》、《大觀》兩書問世。

　　不敵病魔的摧殘，1997年5月大觀離開了人間。在此之前，他曾寫下遺囑：「爸爸媽媽，當我走的時候，你們要把我堅強的故事，告訴其他癌症兒童和他們的爸爸媽媽，讓他們有勇氣對抗癌症惡魔」，促使其父母秉持他的遺願，成立「財團法人周大觀文教基金會」，讓大觀的善良與愛心永續傳播；並且陸續出版相關記錄片與書籍，感動且激勵志無數人心。

　　〈我還有一隻腳〉選自同名作品集《我還有一隻腳》，敘述大觀面對自己的截肢，卻能夠以失聰的樂聖貝多芬、盲人立委鄭龍水、盲聾教育家海倫凱勒、當選十大傑出青年雙腳畸形的鄭豐喜自勉，顯出其勇敢不凡的生命態度。知名音樂人許景淳特地將此詩作譜曲並演唱，陪伴大觀走過最後的生命。

▋|協奏曲| ⦂───────────────────

　　周大觀小弟弟雖然只活了10歲，但是他看似短暫的生命，卻活得燦爛精彩。他不但勇於面對病魔，更清晰表達「還有一隻腳」可以實現的願望。大觀的生命態度，確實是我們該學習的典範。

　　同學們上學期曾書寫「自我療癒祈願文」學習單，透過「信念覺察」和「宣告接納」兩步驟，與內在自我簡單溝通。進入下學期，這份溝通必須達「進階級」了！因此，請同學想像自己是一位實習醫師，第一位診視的病患便是「我自己」，開始用聽診器檢查自身，並且用清楚切實的字眼，寫下屬於自己的「病歷記錄表」。

在人生航道上，我有我的，你有你的，方向！結伴航行，互放交會的光亮！（圖：李翊瑄）

雖然在荊棘中，仍要努力綻放，讓自己曾經美麗。（圖：李佳霖）

【病歷記錄表】學習單

病患基本資料

☺姓　　名：　　　　　　　　☺身分證字號：

☺生　　日：　　　　　　　　☺年　　齡：　　　歲

☺身　　高：　　　　　　　　☺體　　重：

☺血　　型：　　　　　　　　☺性　　別：□男　□女

☺住　　址：　　　　　　　　☺聯絡電話／手機：

☺電子信箱：

病　　徵

致病可能因素

治療處方

| 指導醫師核批 | |

▋|迴旋曲| ❖━━━━━━━━━━━━━━━

1. 蘇偉貞：〈來不及長大〉，《來不及長大》（臺北：洪範書店，1989）。

2. 木藤亞也著、蔡明珠譯：《一公升的眼淚：亞也的日記》（臺北：高寶國際，2006）。

3. 乙武洋匡著、劉子倩譯：《五體不滿足》（臺北：圓神出版社，1999）。

4. 郭約瑟：《下一個轉彎處，遇見微笑》（臺北：原水文化，2012）。

5. 喬治米勒（導演）：《羅倫佐的油》（臺北：采昌國際多媒體股份有限公司，1992電影）。

6. 尼克凱薩維茲（導演）：《姐姐的守護者》（臺北：采昌國際多媒體股份有限公司，2009電影）。

7. 彼德威爾勒（導演）：《叫我第一名》（臺北：天馬行空數位有限公司，2010電影）。

8. 澎恰恰（導演）：《帶一片風景走》（臺北：沙鷗國際多媒體股份有限公司，2011電影）。

（廖憶榕選編）

二重奏「病痛拉警報」選篇二：
江自得〈癌症病房〉

▋▋奏鳴曲▋ •⟡⋯⋯⋯⋯⋯⋯⋯⋯⋯⋯⋯⋯⋯⋯⋯⋯⋯⋯⋯⋯⋯⋯⋯⋯

1
白色的牆，白色的床單
背後是無限的空白
小小的茶几上
一個憂鬱的蘋果

•**間奏 *1*** •

此處以「白色」的牆、床單以及「無限的空白」，直敘癌症病房
的視覺印象，藉此點出癌症病患蒼白、空缺的心靈意象。「小
小」的茶几與「一個憂鬱」的蘋果，在「無限」裡格外的微薄、
孤單且鬱悶，也更顯出病患的心境。

2
夢中故鄉冬日的街道
海風吹拂起母親的臉
遙遠的歌聲在童年低唱
一滴滴哀愁從點滴液注入

•間奏 *2*•

飽受身心折磨的癌症病患，進入夢鄉是最遠離病苦的時刻。但是，或許是治療的副作用，或許是病患隱含的寄託，往往在夢境裡出現另一種鄉愁。擺脫現實，徘徊於過往的時空，感受著寒冬、海風，想念著母親與童年的歌聲；夢中的病患找尋著兒時記憶與呵護的力量，實際中的點滴瓶則一點一滴注入過去、現在以及未知的哀愁。

3

房內四處紛飛著

白骨的意象

乾燥了的笑容

在靜寂的冬夜碎裂

•間奏 *3*•

此節詩句，象徵的含意有二。一者是病患已病入膏肓，所以無論清醒或沉睡，笑容早在半夢半醒裡消逝，一切均充滿著接近死亡的氛圍。二者是病患已然過世，生前的笑容引人懷念，尤其在靜寂的冬夜裡，想起來便令人特別有心碎之感。此處的「冬夜」，也與上一詩節相呼應，病患最深層的寄託以及最深刻的道別，都是在冬季。

4
黎明的微雨中浮現
一株野菊

•間奏4•

承上詩文，此處亦有兩種意象。其一，是以病患的角度敘寫，雖
然病況不樂觀，但看見站立在黎明微雨裡的野菊，升起漸趨光明
的信念，也振奮了自身的生命力。其二，是以回憶病患的角度敘
寫，雖然病患去世了，帶來濃厚的悲傷與不捨；但遠方的一株野
菊，在破曉時分，給予正在拭淚的哀悼者一股堅強的力量。

──本詩選自江自得：《從聽診器的那端》（臺北：書林出版有限公司，1996）。

病痛讓人身體千瘡百孔，卻也
予人重新檢視對待自己的方
式。（圖：李翊瑄）

▌主旋律▌•⟡——————————————

　　江自得（1948～），出生於臺中，高雄醫學院醫學系畢業。曾任臺中榮民總醫院胸腔內科主任，現服務於梧棲童綜合醫院。江醫師自大學時期便參與「阿米巴詩社」並任社長，之後加入「笠詩社」，亦擔過社長之職。1994年，與醫界友人在臺中成立「阿米巴社」，定期舉辦文化講座。

　　雖然醫職頗爲忙碌，但是看診之餘，他樂於將所見所聞所感記於筆下，至今已出版《那天，我輕輕觸著了妳的傷口》、《故鄉的太陽》、《給NK的十行詩》、《遙遠的悲哀》、《月亮緩緩下降》等近十本的詩集；此外，也曾出版散文集《漂泊：在醫學與人文之間》。2009年時，國立臺灣文學館則出版《臺灣詩人選集：江自得集》。江醫師更先後獲得陳秀喜詩獎、吳濁流文學獎新詩正獎、賴和醫療服務獎，以及臺中文學獎的「文學貢獻獎」。

　　江醫師在著作中有言：「我已慣於從醫學生活中尋找詩，尋找價值與意義」、「我深刻體認，只有『愛』與『創造』能賦予生命價值與意義」、「詩已成爲我闡釋世界以及與生活對話的最佳方式」。作者本著醫生救護病患的職志，帶著一顆細膩且悲憫的仁心，我們在其著作中，可感受醫者生涯與詩（文學）結合的生命態度及特質。

　　〈癌症病房〉選自江自得《從聽診器的那端》，共分四小節。作者從病房的空間引領讀者體解癌症病人的心境，由寂寞而思念，由思念而告別；但是在告別之際，卻望見曙光裡的生命力，燃升新希望。

▓|協奏曲|·⠂────────────────

　　人的一生當中難免都會遭遇到病痛的困擾。這些病痛或許是生理上長久的疾病，或許是心理上憂鬱不解的情緒，甚至還可以延伸至日常生活中所受到的種種挫折或不愉快而產生的身心不協調。然而，這些令你生命感到不舒服的病痛，表面上看來似乎是一件避之唯恐不及的壞事；但換個角度想，它或許也是個令人意想不到的轉機，可能為你開啟一扇意想不到的明亮窗子，為你的生命帶來不一樣的風景。

　　請回憶在你的生命中所曾遭遇到的病痛，思考它給你生命中帶來的功課是什麼？你又學習到了什麼？並為此寫下一段感謝的話。

只要堅強地撐起身子，和太陽的距離就不遠。（圖：謝穎怡〈昂揚〉）

【那些年，病痛教我的事】學習單	
病痛帶給我的功課	
我的學習心得	
我的感謝	

█ 迴旋曲 ╎ ·•ᐧ──────────────

1. 侯文詠：《大醫院小醫師》（臺北：皇冠出版社，1992）。

2. 拓拔斯・塔瑪匹瑪（田雅各）：《蘭嶼行醫記》（臺中：晨星出版社，1998）。

3. 白葦：《海岸書房》（高雄：麗文文化，2006）。

4. 林義馨：《跳蚤醫院手記：澎湖醫生的妙聞奇遇》（臺北：商周出版社，2008）。

5. 李惟陽：《後山怪咖醫師》（臺北：時報文化，2010）。

6. 陳秀丹：《向殘酷的仁慈說再見》（臺北：三采文化，2010）。

7. 陳玉枝：《生命觀察日記：投身醫療現場40年的眞情報告》（臺北：三采文化，2012）。

8. 廣木隆一（導演）：《生命最後一個月的花嫁》（臺北：聯成國際事業有限公司，2008電影）。

9. 西川美和（導演）：《親愛的醫生》（臺北：輝洪開發股份有限公司，2010電影）。

（廖憶榕選編）

「男女囧很大」

上天造物，賦予每個人不同的性別、外貌和個性；雖有千差萬別，但對於愛與善與美與自由的追求，卻無有不同。尊重別人的差異，認識自己的價值，是處在多元社會，應有的態度。所選篇章有：

蒲松齡〈嬰寧〉，寫一個見人就笑、有話直說的美麗女子，有著毫不掩飾的天真純樸，與一般受禮教拘束的世人大有不同，因而也肇生許多事端，揭出許多偽善的面具。問世間有多少人能保有天真與誠摯的心靈，而不被外表形象所迷？嬰寧的自由、淘氣、質樸、愛、感恩，恰與世人的虛謊成性形成對比。

李志薔〈15號出入口〉，一個老榮民在一天之中遊走臺北都會追逐青春少年的旅程，他深陷於重重回憶的漩渦之中，不斷回想從前一段段流離黯澹的遭遇。當時簡單的承諾，慘痛的永訣，在老榮民的腦海中翻疊交錯，生動描寫了時代動亂的陰影，同性情感的糾結與老年人的滄桑晚景。

三重奏「男女囧很大」選篇一：
蒲松齡〈嬰寧〉

■■ 奏鳴曲 ┃ •

　　王子服，莒之羅店人。早孤，絕慧，十四入泮[1]，母最愛之，尋常不令遊郊野。聘蕭氏，未嫁而夭，故求鳳[2]未就也。會上元，有舅氏子吳生，邀同眺矚[3]，方至村外，舅家有僕來，招吳去。生見游女如雲，乘興獨遨。有女郎攜婢，撚梅花一枝，容華絕代，笑容可掬。生注目不移，竟忘顧忌。女過去數武[4]，顧婢曰：「个兒郎[5]目灼灼似賊！」遺花地上，笑語自去。

> • 間奏 *1* •
>
> 　　故事從一場驚喜的邂逅說起。年屆適婚卻無偶可配的王子服，在元宵節巧遇一位手持梅花滿面笑容的佳人，當下他為她的美麗震懾了，忘神了。緣分之來，往往就是這麼意外又令人手足無

1　入泮：古代學宮之內有泮水，故稱學宮為「泮宮」，童生初入學為生員則稱為「入泮」。泮，音ㄆㄢˋ。

2　求鳳：比喻男子求偶。鳳凰是傳說中的百鳥之王，雄者為鳳，雌者為凰，故云。

3　眺矚：遠觀，此謂遊覽之意。眺，遠望。矚，注視。音ㄊㄧㄠˋ ㄓㄨˇ。

4　數武：指數步之遙。武，古代六尺為步，半步為武。

5　个兒郎：這個小夥子。个，同「個」，此，這。

措！張愛玲〈愛〉曾經寫道：「於千萬人之中遇見你所遇見的人，於千萬年之中，時間的無涯的荒野裡，沒有早一步，也沒有晚一步，剛巧趕上了，也沒有別的話可說，惟有輕輕的問一聲：『噢，你也在這裡嗎？』」王子服來不及這一問，只拾得女子遺落的花和離去的笑語。

　　生拾花悵然，神魂喪失，怏怏遂返。至家，藏花枕底，垂頭而睡，不語亦不食。母憂之，醮禳[6]益劇，肌革銳減，醫師診視，投劑發表[7]，忽忽若迷。母撫問所由，默然不答。適吳生來，囑密詰之。吳至榻前，生見之淚下。吳就榻慰解，漸致研詰[8]，生具吐其實，且求謀畫。吳笑曰：「君意亦復癡！此願有何難遂？當代訪之。徒步於野，必非世家，如其未字[9]，事固諧矣；不然，拚以重賂，計必允遂。但得痊瘳[10]，成事在我。」生聞之，不覺解頤[11]。吳出告母，物色[12]女子居里，而探訪既窮，並無蹤緒。母大憂，無所為計。然自吳去後，顏頓開，食亦略進。數日，吳復來，生問所謀，吳紿之曰：

6　醮禳：祭神以求福消災。醮，僧道設壇祭神；禳，祈求消除災變。音ㄐㄧㄠˋ ㄖㄤˊ。

7　投劑發表：指投藥治療，暫時控制病情。劑，藥劑。發表，中醫學名詞，謂發散表邪。

8　研詰：追究細問。詰，責問，音ㄐㄧㄝˊ。

9　未字：未嫁。女子許嫁曰「字」。

10　痊瘳：病癒，康復。音ㄑㄩㄢˊ ㄔㄡ。

11　解頤：指笑得下巴脫落，形容人開懷而笑。頤，下巴，音ㄧˊ。

12　物色：尋找，訪求。

「已得之矣。我以爲誰何人，乃我姑氏女，即君姨妹行，今尚待聘；雖內戚有婚姻之嫌，實告之，無不諧者。」生喜溢眉宇，問居何里？吳詭曰：「西南山中，去此可三十餘里。」生又付囑再四，吳銳身自任[13]而去。

●間奏 2●

「笑漸不聞聲漸悄，多情卻被無情惱。」（蘇軾〈蝶戀花〉）元宵節的巧遇，讓子服自此神魂顛倒，相思成疾，日益沈重。在王母焦急的請託之下，表哥吳生爲了讓子服早日痊癒，竟然「無中生有」，謊稱佳人是自家姑母的女兒，也是子服的表妹，住處在三十里之遙。子服便信以爲眞，一面在家養病，一面拜託吳生前去尋找女子。

　　生由此飲食漸加，日就平復。探視枕底，花雖枯，未便彫落，凝思把玩，如見其人。怪吳不至，折柬[14]招之，吳支托[15]不肯赴召，生忿怒[16]，悒悒不歡[17]。母慮其復病，急爲議姻，略與商榷[18]，輒搖首不願，惟日盼吳。吳迄無耗，益怨恨之，轉思三十里非遙，何必仰息他人？懷梅袖中，負氣自往，而家人不知也。伶仃獨步，無可問程，

13 銳身自任：挺身而出，擔起責任。銳身，挺身。
14 折柬：裁紙寫信，亦作「折簡」。
15 支托：支吾推托。
16 忿怒：憤怒。忿，怨恨，音ㄏㄨㄟˋ。
17 悒悒不歡：鬱悶憂愁，不快樂的樣子。悒，音一ˋ。
18 商榷：商量，討論，或作「商榷」。榷，敲擊，音ㄑㄩㄝˋ。
19 合沓：重疊，雜聚。沓，音ㄊㄚˋ。

但望南山行去，約三十餘里，亂山合沓[19]，空翠爽肌，寂無人行，止
有鳥道[20]。遙望谷底，叢花亂樹中，隱隱有小里落。下山入村，見舍
宇無多，皆茅屋，而意甚修雅。北向一家，門前皆絲柳，牆內桃杏尤
繁，間以修竹，野鳥格磔[21]其中。意是園亭，不敢遽入。回顧對戶，
有巨石滑潔，因據坐少憩。

•間奏 3•

子服手把枯花，見花如見人，他的用情，可說癡心到極點！既然
吳生的消息久久不來，何不自己親自尋找？情感之事，豈能輕
易交託他人代理。於是，原本不可期待的謊言，經他一片真心執
著並付諸行動，冥冥之中竟似如應驗般，起了轉機。這是巧合使
然？是鬼神操縱？還是精誠所至？《聊齋》獨具的靈異氣氛不知
不覺瀰漫而出。

俄聞牆內有女子，長呼「小榮」，其聲嬌細。方佇聽間，一女郎
由東而西，執杏花一朵，俛首自簪，舉頭見生，遂不復簪，含笑撚花
而入。審視之，即上元途中所遇也。心驟喜，但念無以階進，欲呼姨
氏，而顧從無還往，懼有訛悞[22]。門內無人可問，坐臥徘徊，自朝至
於日昃[23]，盈盈望斷，並忘飢渴。時見女子露半面來窺，似訝其不去
者。忽一老嫗扶杖出，顧生曰：「何處郎君，聞自辰刻便來，以至於
今。意將何為？得勿飢耶？」生急起揖之，答云：「將以盼親。」嫗

20 鳥道：只有飛鳥能經過的小路，比喻險絕狹隘的山道。

21 格磔：形容鷓鴣的鳴叫。磔，音ㄓㄜˊ。

22 訛悞：錯誤，音ㄜˊ ㄨˋ。

23 日昃：太陽西斜。昃，音ㄗㄜˋ。

聲聵不聞，又大言之，乃問：「貴戚何姓？」生不能答。媼笑曰：
「奇哉！姓名尚自不知，何親可探？我視郎君，亦書癡耳。不如從我
來，啖以粗糲，家有短榻可臥。待明朝歸，詢知姓氏，再來探訪，不
晚也。」生方腹餒思啖，又從此漸近麗人，大喜。從媼入，見門內白
石砌路，夾道紅花，片片墮階上；曲折而西，又啓一關，豆棚花架滿
庭中。肅客入舍，粉壁光明如鏡，窗外海棠枝朵，探入室內，裀藉几
榻[24]，罔不潔澤。甫坐，即有人自窗外隱約相窺，媼喚：「小榮可速
作黍。」外有婢子噭聲[25]而應。坐次，具展宗閥[26]，媼曰：「郎君外
祖，莫姓吳否？」曰：「然。」媼驚曰：「是吾甥也！尊堂我妹子，
年來以家窶貧[27]，又無三尺男[28]，遂至音問梗塞。甥長成如許，尚不
相識。」生曰：「此來即爲姨也，匆遽遂忘姓氏。」媼曰：「老身秦
姓，並無誕育，弱息[29]僅存，亦爲庶產。渠母改醮[30]，遺我鞠養。頗
亦不鈍，但少教訓，嬉不知愁。少頃，使來拜識。」未幾，婢子具
飯，雛尾盈握[31]。媼勸餐已，婢來斂具，媼曰：「喚寧姑來。」婢應
去。

---

24 裀藉几榻：墊褥與桌床。

25 噭聲：呼喊聲。噭，音ㄐㄧㄠˋ。

26 具展宗閥：說明自己的宗族門第。

27 窶貧：亦作「貧窶」，窮困簡陋。窶，音ㄐㄩˋ。

28 三尺男：指童僕。

29 弱息：對人謙稱自己的子女。

30 改醮：婦女再嫁。

31 雛尾盈握：小雞鮮美可口，代指菜色豐富。雛，小雞。盈握，滿滿一把。

·間奏 *4*·

那「含笑撚花」的美麗倩影忽又在眼前燦爛！子服乍喜又乍憂，因為無媒引介，不得其門而入，只能徘徊空等，「盈盈望斷，並忘飢渴」，再一次活畫出他的真心癡意。幸而，老嫗扶杖而出，諄諄垂詢，像一個親切的引路人，讓子服順利升堂入室，得以一償宿願。進門之後，舉目所見，處處花團錦簇，雅潔可愛，人美地也美，好一個所在！言談問答間，果不其然發現，老嫗是子服未曾謀面的秦氏姨媽，而佳人則是她收養的庶出女兒，正是子服的表妹，名字喚作「嬰寧」。

　　良久，聞戶外隱有笑聲，嫗又喚曰：「嬰寧，汝姨兄在此。」戶外嗤嗤笑不已，婢推之以入，猶掩其口，笑不可遏。嫗瞋目[32]曰：「有客在，咤咤叱叱[33]，是何景象？」女忍笑而立，生揖之。嫗曰：「此王郎，汝姨子。一家尚不相識，可笑人也。」生問：「妹子年幾何矣？」嫗未能解，生又言之，女復笑不可仰視。嫗謂生曰：「我言少教誨，此可見也。年已十六，呆癡裁[34]如嬰兒。」生曰：「小於甥一歲。」曰：「阿甥已十七矣，得非庚午屬馬者耶？」生首應之。又問：「甥婦阿誰？」答云：「無之。」曰：「如甥才貌，何十七歲猶未聘？嬰寧亦無姑家，極相匹敵，惜有內親之嫌。」生無語，目注嬰寧，不遑他瞬。婢向女小語云：「目灼灼，賊腔未改！」女又大

---

32 瞋目：瞪大眼睛怒視。瞋，音ㄔㄣ。

33 咤咤叱叱：嬉笑無度的樣子。咤叱，音ㄓㄚˋㄔˋ。

34 裁：僅只，通「才」。

笑，顧婢曰：「視碧桃開未？」遽起，以袖掩口，細碎連步而出。至門外，笑聲始縱。媼亦起，喚婢襆被[35]，為生安置。曰：「阿甥來不易，宜留三五日，遲遲送汝歸。如嫌幽悶，舍後有小園，可供消遣，有書可讀。」

•間奏 5•

經過幾番曲折，嬰寧終於姍姍出場。人未到，笑聲卻先到，而且由隱而顯，自遠而近，嘻嘻哈哈，朗朗盈耳，形象愈來愈清晰，個性愈來愈鮮明。秦母說嬰寧「頗亦不鈍，但少教訓，嬉不知愁」，又說她「呆癡裁如嬰兒」，這全在她的笑聲中表露無遺。作者極力描繪嬰寧各種姿態的笑：「嗤嗤笑不已」、「猶掩其口，笑不可遏」、「忍笑而立」、「笑不可仰視」、「大笑」、「以袖掩口，細碎連步而出。至門外，笑聲始縱」等等，不一而足。古代社會要求名門閨秀必須矜持端莊，所謂「行莫回頭，語莫掀唇，坐莫動膝，立莫搖裙，喜莫大笑，怒莫高聲」，處處限制女性的言行舉止。嬰寧的笑，卻與這些「傳統婦德」背道而馳，徹底顛覆人們對女性所持的刻板印象，同時也突顯嬰寧不為禮教規範束縛的純真個性。

次日，至舍後，果有園半畝，細草鋪氈，楊花糝徑[36]，有草舍三楹，花木四合其所。穿花小步，聞樹頭蘇蘇有聲，仰視，則嬰寧在上。見生來，狂笑欲墮。生曰：「勿爾，墮矣！」女且下且笑，不能

---

35 襆被：整理衣被。襆，包紮，音ㄆㄨˊ。
36 糝徑：飄撒在小路上。糝，本為飯粒，此指撒落、散開，音ㄙㄢˇ。

自止。方將及地，失手而墮，笑乃止。生扶之，陰搯其腕[37]，女笑又作，倚樹不能行，良久乃罷。生俟其笑歇，乃出袖中花示之。女接之曰：「枯矣，何留之？」曰：「此上元妹子所遺，故存之。」問：「存之何意？」曰：「以示相愛不忘也。自上元相遇，凝思成疾，自分化爲異物[38]，不圖得見顏色[39]，幸垂憐憫。」女曰：「此大細事[40]，至戚何所靳惜[41]？待郎行時，園中花，當喚老奴來，折一巨綑負送之。」生曰：「妹子癡耶？」女曰：「何便是癡？」生曰：「我非愛花，愛撚花之人耳。」女曰：「葭莩之情[42]，愛何待言？」生曰：「我所謂愛，非瓜葛之愛[43]，乃夫妻之愛。」女曰：「有以異乎？」曰：「夜共枕席耳。」女俛思[44]良久，曰：「我不慣與生人睡。」語未已，婢潛至，生惶恐遁去。少時，會母所，母問：「何往？」女答以園中共話。媼曰：「飯熟已久，有何長言，喁遮[45]乃爾？」女曰：「大哥欲我共寢。」言未已，生大窘，急目瞪之，女微笑而止。幸媼不聞，猶絮絮究詰。生急以他詞掩之，因小語責女。女曰：「適此語不應說耶？」生曰：「此背人語。」女曰：「背他人豈得背老母，且寢處亦常事，何諱之？」生恨其癡，無術可以悟之。

---

37 陰搯其腕：暗中掐住對方的手腕。搯，捏，掐，音ㄊㄠ。

38 自分化爲異物：自己估量就要死亡。分，揣測，音ㄈㄣˋ。異物，指鬼魂。

39 顏色：面容，臉色。

40 大細事：無關緊要的事。大，很，非常。

41 靳惜：吝惜。靳，音ㄐㄧㄣˋ。

42 葭莩之情：指親戚間的情分。葭莩，蘆葦中的薄膜；比喻關係疏遠淡薄的親戚。音ㄐㄧㄚ ㄈㄨˊ。

43 瓜葛之愛：亦指親戚間的情分。瓜葛，瓜藤與葛蔓，比喻輾轉相繫的親戚關係。

44 俛思：低頭沈思。俛，同「俯」，低頭。

45 喁遮：形容繁雜細碎的聲音，音ㄓㄡ ㄓㄜ。亦作「喁哳」，音ㄓㄡ ㄓㄚˊ。

•間奏 *6*•

嬰寧不僅善笑不同尋常，她的癡憨也令人絕倒；尤其對於男女情事，更是一竅不通。當子服終於有機會與嬰寧獨處，意欲親近芳澤，百般表達他愛慕相思之苦，坦白他願意相結同枕共眠之好，無奈卻屢屢被嬰寧癡癡憨憨似懂非懂的回應「笑」而化之，讓他束手無策，徒呼負負。子服的積極刻意與嬰寧的天眞無邪，恰成強烈對比。

　　食方竟，家中人捉雙衛[46]來尋生。先是母待生久不歸，始疑；村中搜覓幾徧，竟無蹤兆，因往尋吳。吳憶囊言，因教於西南山村行覓。凡歷數村，始至於此。生出門，適相值，便入告媼，且請偕女同歸。媼喜曰：「我有志，匪伊朝夕[47]。但殘軀不能遠涉；得甥攜妹子去，識認阿姨，大好！」呼嬰寧。寧笑至，媼曰：「有何喜，笑輒不輟？若不笑，當爲全人。」因怒之以目。乃曰：「大哥欲同汝去，可便裝束。」又餉家人酒食，始送之出，曰：「姨家田產充裕，能養冗人。到彼且勿歸，小學詩禮，亦好事翁姑。即煩阿姨，爲汝擇一良匹。」二人遂發，至山坳回顧，猶依稀見媼倚門北望也。

•間奏 *7*•

俗云：「男大當婚，女大當嫁。」嬰寧再怎麼不解風情，終必須面對婚姻的關卡。恰巧這時王家前來尋找子服，子服順勢向秦

---

46 雙衛：兩隻驢子。衛，驢的別稱。
47 匪伊朝夕：不止一朝一夕，指時日很長。匪，不是。伊，語助詞。

母請求帶回嬰寧，這正大合秦母的心願，便將嬰寧託付給子服，等於默許了兩人的姻緣。離別之際，嬰寧竟然毫無哀戚之色，依然喜笑不停。秦母因而告誡她：「若不笑，當為全人。」倘若不笑，是嬰寧的幸？抑或不幸？兩人由此揮別依依不捨的秦母。

　　抵家，母睹妹麗，驚問為誰？生以姨女對。母曰：「前吳郎與兒言者，詐也。我未有姊，何以得甥？」問女，女曰：「我非母出，父為秦氏，歿時，兒在襁中，不能記憶。」母曰：「我一姊適秦氏，良確；然殂謝[48]已久，那得復存？」因細詰面龐、痣贅，一一符合。又疑曰：「是矣。然亡已多年，何得復存？」疑慮間，吳生至，女避入室。吳詢得故，悃然久之，忽曰：「此女名嬰寧耶？」生然之，吳亟稱怪事。問所自知，吳曰：「秦家姑去後，姑丈鰥居，祟於狐[49]，病瘵死。狐生女，名嬰寧，繃[50]臥牀上，家人皆見之。姑丈歿，狐猶時來；後求天師符黏壁間，狐遂攜女去。將勿此耶？」彼此疑參，但聞室中吃吃，皆嬰寧笑聲。母曰：「此女亦太憨生。」吳請面之。母入室，女猶濃笑不顧。母促令出，始極力忍笑，又面壁移時，方出。纔一展拜，翻然遽入，放聲大笑，滿室婦女，為之粲然。吳請往覘[51]其異；就便執柯[52]，尋至村所，廬舍全無，山花零落而已。吳憶

---

48 殂謝：去世。殂，音ㄘㄨˊ。

49 祟於狐：指被狐精蠱惑。祟，作怪，為害，音ㄙㄨㄟˋ。

50 繃：用布被包裹。

51 覘：窺視，觀察，音ㄓㄢ。

52 執柯：指為人作媒，亦作「伐柯」。語本《詩經·豳風·伐柯》：「伐柯如何？匪斧不克；取妻如何？匪媒不得。」意謂伐樹須憑斧頭，結婚須有媒人。

姑葬處，彷彿不遠，然墳壟湮沒[53]，莫可辨識，詫歎而返。母疑其為鬼，入告吳言，女略無駭意；又弔其無家，亦殊無悲意，孜孜[54]憨笑而已。眾莫之測。母令與少女同寢止。昧爽[55]即來省問，操女紅，精巧絕倫。但善笑，禁之亦不可止；然笑處嫣然[56]，狂而不損其媚，人皆樂之。鄰女少婦，爭承迎之。母擇吉將為合巹[57]，而終恐為鬼物，竊於日中窺之，形影殊無少異。至日，使華妝行新婦禮，女笑極不能俯仰，遂罷。生以其憨癡，恐漏洩房中隱事；而女殊密祕，不肯道一語。每值母憂怒，女至，一笑即解。奴婢小過，恐遭鞭楚[58]，輒求詣母共話，罪婢投見，恆得免。而愛花成癖，物色偏戚黨，竊典[59]金釵，購佳種；數月，階砌藩溷[60]，無非花者。庭後有木香一架，故鄰西家。女每攀登其上，摘供簪玩。母時遇見，輒訶之，女卒不改。

- 間 奏 *8* -

子服帶嬰寧返家，引起驚動。經過與母親、吳生交叉對證之下，赫然發覺嬰寧離奇的身世。原來秦母是王母之姊，早已過世多年，而姨丈鰥居時，遭狐精蠱惑，一病不起。狐精生下嬰寧，之

---

53 湮沒：埋沒，音ㄧㄣ ㄇㄛˋ。

54 孜孜：不停，不歇。

55 昧爽：即拂曉，天色將亮未亮之時。

56 嫣然：形容笑容嫵媚美好的樣子。

57 合巹：新郎新娘兩人交杯共飲；代指結婚之禮。巹，古時行婚禮所用的酒杯，音ㄐㄧㄣˇ。

58 鞭楚：以鞭子或木杖責打。楚，一種灌木，又名荊，枝幹堅韌，可做杖。

59 竊典：偷偷典當。

60 藩溷：籬笆和廁所，音ㄈㄢˊ ㄏㄨㄣˋ。

後又攜之而去，不知所終。說話間，嬰寧的笑聲不時響起，滿室人都受到感染，喜氣洋洋。雖然王母懷疑嬰寧可能是鬼物，但查無實證，而她的笑聲又巧妙化解人我心防，贏得眾人的歡喜，王母便欣然接受嬰寧作爲兒媳。而嬰寧入門之後，果然也變成全家的潤滑劑，大小爭執，一笑即解。這是嬰寧笑聲的絕大勝利！只是，生活並非總是風平浪靜。嬰寧愛笑成癡，又愛花成癡，爲此竟惹起一場風波。

　　一日，西鄰子見之，凝注傾倒，女不避而笑。西鄰子謂女意已屬，心益蕩，女指牆底笑而下。西鄰子謂示約處，大悦，及昏而往，女果在焉，就而淫之，則陰如錐刺，痛徹於心，大號而踣[61]。細視，非女，則一枯木臥牆邊，所接乃水淋竅也。鄰父聞聲，急奔研問，呻而不言。妻來，始以實告。爇火燭竅[62]，見中有巨蠍，如小蟹然。翁碎木捉殺之，負子至家，半夜尋卒。鄰人訟生，訐發[63]嬰寧妖異，邑宰素仰生才，稔知其篤行士，謂鄰翁訟誣，將杖責之。生爲乞免，遂釋而歸。母謂女曰：「憨狂爾爾，早知過喜而伏憂也。邑令神明，幸不牽累，設鶻突[64]官宰，必逮婦女質公堂，我兒何顏見戚里？」女正色，矢不復笑。母曰：「人罔不笑，但須有時。」而女由是竟不復笑，雖故逗，亦終不笑，然竟日未嘗有戚容。

---

61 大號而踣：大聲呼喊，跌倒在地。號，喊叫，音ㄏㄠˊ。踣，跌倒，音ㄅㄛˊ。

62 爇火燭竅：點起火把，照亮孔穴。爇，燃燒，音ㄖㄜˋ。燭，用作動詞，照明之意。

63 訐發：揭發人的隱私。訐，舉人過失，音ㄐㄧㄝˊ。

64 鶻突：迷糊混亂，亦作「糊塗」。鶻，音ㄏㄨˊ。

•間奏 9•

「過喜而伏憂」，正所謂物極必反。西鄰子的出現，一方面說明「色不迷人人自迷」的情欲陷溺，故嬰寧以其狡黠的惡作劇，對此輩之醜行大加痛擊；一方面也點出婚後的嬰寧已大不同以往的身分，不能再縱情玩笑，必須謹言慎行。這次嚴重的事態，幾乎禍及全家，經由王母懇切的開導，讓嬰寧幡然省悟，收斂起她的笑容，由「狐」的純真感性過渡到「人」的節制理性。這種變化也是成長必然經歷的階段。雖然，嬰寧自此「終不笑」不免令人心生悵惘。

一夕，對生零涕，異之。女哽咽曰：「曩以相從日淺，言之恐致駭怪。今日察姑及郎，皆過愛無有異心，直告或無妨乎？妾本狐產，母臨去，以妾託鬼母，相依十餘年，始有今日。妾又無兄弟，所恃者惟君。老母岑寂山阿，無人憐而合厝[65]之，九泉輒為悼恨。君倘不惜煩費，使地下人消此怨恫[66]，庶養女者不忍溺棄。」生諾之，然慮塚家迷於荒草，女但言無慮。刻日，夫妻輿櫬[67]而往，女於荒煙錯楚[68]中，指視墓處，果得媼尸，膚革猶存。女撫哭哀痛，舁歸[69]，尋秦氏墓合葬焉。是夜，生夢媼來稱謝，寤而述之。女曰：「妾夜見之，囑勿驚郎君耳。」生恨不邀留。女曰：「彼鬼也，生人多，陽氣勝，何

---

65 合厝：指合葬。厝，停放靈柩待葬，音ㄘㄨㄛˋ。

66 怨恫：怨恨、悲痛。恫，音ㄊㄨㄥ。

67 輿櫬：用車載運棺材。輿，車載。櫬，棺木。音ㄩˊㄔㄣˋ。

68 錯楚：雜亂叢生的柴草。

69 舁歸：扛回家。舁，抬舉、扛抬，音ㄩˊ。

能久居？」生問小榮，曰：「是亦狐，最黠。狐母留以視妾，每攝果餌相哺，故德之，常不去心。昨問母，云已嫁之。」由是歲值寒食，夫妻登秦墓，拜掃無缺。女逾年，生一子。在懷抱中，不畏生人，見人輒笑，亦大有母風云。

•間奏10•

不笑後的嬰寧，某日竟傷悲落淚，對子服全盤托出她的身世。原來她除了是狐精所生之外，更是鬼母撫養，即秦母是也。這隱藏已久的祕密直到嬰寧確信丈夫與婆婆「愛無異心」方才真相大白。可見嬰寧見人輒笑，癡憨如嬰兒，也有其不得已之處，是為了藉此迴避世人異樣眼光的刺探，以及如西鄰子等居心不軌的覦覬。嬰寧雖然是「狐產鬼養」，是人所懼怕的異類，卻知恩圖報，有著不下於人的真摯情意，甚至會令人自歎弗如。而秦母化鬼之後，好心收養狐妾所生的嬰寧，也再次點醒世人，鬼並不可怕，可怕的反而是那爾虞我詐的凶險人心。世人若僅看外表，而遺忘本質，豈不錯失甚多？這也是作者以鬼狐諷世的深意寄託所在。

異史氏曰：「觀其孜孜憨笑，似全無心肝者；而牆下惡作劇，其黠孰甚焉。至悽戀鬼母，反笑為哭，我嬰寧殆隱於笑者矣。竊聞山中有草，名『笑矣乎』。嗅之，則笑不可止。房中植此一種，則合歡、忘憂，並無顏色矣；若解語花[70]，正嫌其作態耳。」

---

70 解語花：原指楊貴妃。唐玄宗與貴戚同賞白蓮，眾人讚歎不已，玄宗指著貴妃說：「爭如我解語花！」後用以比喻善解人意的女子。

• 間 奏 *11* •

文章之末，作者模仿《史記》「太史公曰」的語調，以「異史氏曰」闡述自己的評論。嬰寧愛笑，看似憨傻無心肝，其實只是外表的隱藏，內心卻是澈若明鏡。所以她對於西鄰子的醜行，以機巧的惡作劇反擊，對於鬼母的死無葬地，卻又變笑為哭，這都是其真性情的表現。作者更且以「解語花」如楊貴妃雖具美色卻一味迎合人意作為對比，諷刺世人真假不辨而迷於表相的愚昧。難怪作者不禁要直呼說「我嬰寧」，親切之情，形於言外，讓讀者讀之也欣然讚同！

——本文選自清・蒲松齡：《聊齋誌異會校會注評本》（臺北：里仁書局，1991）。

我可以逆向嗎？如果逆向也可以到達設定的目標，可不可以呢？
（圖：潘俊志）

▌主旋律▐ ❖━━━━

　　蒲松齡（1640～1715），字留仙，號柳泉居士，世稱聊齋先生，
自稱異史氏，清代山東淄川（今淄博市）蒲家莊人。他生長在書香世
家，從小跟隨父親讀書，聰明好學，家中寄與厚望。19歲應童子試，
接連考取縣、府、道三個第一，名震一時，補博士弟子員。此後卻
屢試不第，一生困頓考場，失意潦倒。因爲生活所迫，他除了應同邑
人寶應縣知縣孫蕙之請，爲其做幕賓數年之外，主要是在友人畢際有
家做塾師，舌耕筆耘，近42年，直至61歲時方撤帳歸家，72歲才獲得
「歲貢生」安慰性質的功名，四年之後即病逝。

　　蒲松齡自20歲開始搜集神異之事，以畢生精力完成志怪小說《聊
齋志異》，他曾說：「才非干寶，雅愛搜神；情類黃州，喜人談鬼。
聞則命筆，遂以成編。久之，四方同人，又以郵筒相寄，因而物以好
聚，所積益夥。」該書共有12卷，490餘篇，內容豐富多彩，廣泛搜
集民間傳說和野史軼聞，情節幻異曲折，每篇各具局面，千姿百態，
構思巧妙，文筆簡練，敘次井然，被譽爲古典文言短篇小說的最高成
就。尤其是書中善於描寫花妖狐魅和幽冥世界的事物，突顯紅塵中的
眾生相。蒲松齡明白冷酷的現實所以沒有溫暖，是來自於人性劣根作
祟，故透過純眞善良的鬼狐精靈，映照許多世人的貪婪、可憐與心理
障礙，並將他胸中的幽幽孤憤、款款深情，寄寓筆墨，揮之成書，使
讀者歎惜、感慨與警惕。

　　本篇〈嬰寧〉描述一個狐精所生、鬼母所養的美麗女子嬰寧。她
見人就笑，有話直說，有著毫不掩飾的天眞純樸，與一般受禮教拘束
的世人大有不同，因而也肇生許多事端，揭出許多僞善的面具。作者
以多變的筆法，欣喜的情感，描繪嬰寧各種慧黠俏皮的巧笑，在巧笑

中又托出嬰寧坎坷的身世與誠摯的心靈，可說是《聊齋》一書中最令
人深刻難忘的女子。

▌|協奏曲|‧＊━━━━━━━━━━━━━━━━━

　　嬰寧是位與眾不同的女子，與傳統習見的端莊賢淑的女性形象判
然有別，讓作者「異史氏」深深為之擊節歎賞！在生活之中，我們也
常會遇到像這樣與刻板印象截然不同的性別角色，他或她，雖則與一
般同性的言行舉止有異，時而令人哭笑不得，卻也表現如同嬰寧一樣
毫無作態的純然本色，有著值得我們欣賞的可愛之處。

　　請以「不一樣的他／她」為題，舉一位你曾經相識，或是在影視
中看過，印象深刻的男性或女性，素描他／她的獨特形象，以及你在
其身上發現的令人絕倒的故事，並模仿「異史氏曰」的方式為他／她
的為人特質下一段評語。文中不必寫其名，以「他」或「她」作為主
詞敘述即可。

有稜有角很有型，為何非得一定要圓滿，才是人生的幸福呢？
（圖：李佳霖）

【不一樣的他／她】學習單

他／她的形象	
他／她的故事	
異史氏曰	

▐▌迴旋曲▐ •‥━━━━━━━━━━━━━━━━━━━━━━━━━━━━━

1. 明・洪楩（編刻）：〈快嘴李翠蓮記〉，《歷代短篇小說選注》（臺北：里仁書局，2003）。

2. 陳嘉上（導演）：《畫皮》（中國香港：寧夏電影公司、上海電影公司，2008電影）。

3. 張愛玲：〈金鎖記〉，《張愛玲短篇小說集》（臺北：皇冠出版社，1981）。

4. 商晚筠：〈癡女阿蓮〉，《癡女阿蓮》（臺北：聯經事業出版公司，1977）。

5. 曹麗娟：〈童女之舞〉，《童女之舞》（臺北：大田出版社，2012）。

6. 程孝澤（導演）：《渺渺》（臺灣：聯成公司發行，2012電影）。

（兵界勇選編）

我是被框架著的稻草人，最後一次田野深呼吸已不知在何時？（圖：潘俊志）

三重奏「男女囧很大」選篇二：
李志薔〈15號出入口〉

▌奏鳴曲▏

　　天未亮，趙學平就躺不住了。他早早下了床，慢條斯理地踱到洗臉臺梳洗。

　　水好冰，才捧上一掬，他便打起寒顫來。浴室裡溼霉霉的，風不知從哪裡灌進來，讓人冷得緊。

　　這個冬，日子鐵定又難熬了。

　　走出陽臺，太陽還沒露臉，天空濛著一層鐵鐵的灰。樓下蒐集廢棄腳踏車的老鄉已經開門工作了，他聽見釘釘匡匡敲打的聲音。

　　趙學平為自己沖了一杯牛奶，再把昨晚僅存的剩菜餵給那隻大黑狗。隨後伸幾個懶腰，竟覺得上氣不接下氣，索性又踱回房裡躺了一陣，才憫憫起來換衣服。

　　他穿得十分仔細：衛生衣外加白襯衫，再慢慢套上綻了線的毛背心，最後才是那套黑色呢絨西裝，單排扣兩件式，五十歲生日時為自己買的。頭髮用髮油細細梳整，盡量不露出青白頭皮。一雙皮鞋是泡水醃爛了，但穿在腳下不明顯，擦擦鞋油還可以矇混過去。他覺得很滿意，鏡子前東蹭西蹭的，終究是個皺紋縱橫的老人了。

　　他摸摸黑狗的頭，推開鏽蝕的鐵門，漂漂亮亮從四樓踱下。

　　朝陽為小巷塗上一層金粉，整排斑駁的公寓都閃著顫顫的光影。

他看見一些買菜、運動的老人紛紛回來了，路上同他們寒暄幾句，算是盡了本分；等繞過長滿蚊蠅的垃圾堆後，他才挺直腰桿，春風得意地走去

●間奏 *1* ●

多日清晨，獨居的室內，一個老人，一條黑狗。趙學平（姑且稱他老趙吧）慢條斯理地下床。梳洗。用餐。餵狗。伸腰。回躺。穿戴。每一個動作，皆如慢鏡頭推移般清晰而沉著，似乎連時間也緩緩變慢了。環繞在老趙周身的暮冬景象，顏色灰暗，溫度低冷，透露出蕭索蒼涼的人生晚景。然而，當他仔細穿戴完畢，雖仍是皺紋滿面，竟彷彿喝了青春泉似的，漂漂亮亮走出鏽蝕的鐵門、斑駁的公寓、長滿蚊蠅的垃圾堆。是什麼魔法讓他如此？

　　他走得很慢，像出巡的官員昂首闊視整座城市；但那步履相較於城市的速度，調子是不搭的。趙學平的身影很快就被淹沒在車潮裡，消失在捷運的地下道中。

　　但他喜歡這樣，夾在男男女女的上班族中，同他們肩抵肩擦身而過。雖然已經七十二歲了，他的鼻、眼還很靈。他嗅得出女人的香水、胭脂和潮水飽漲的體味，甚至，感覺得到男人西裝和身體摩擦時，那種嗶嗶剝剝的聲響。

　　他坐在敬老座上，觀察著。車廂在甬道裡流動，光影一閃一滅，轟隆隆的聲音彷彿遠處有人在呼喚，這讓他聯想起金門坑道裡服役的日子，那些寬闊的肩、削瘦的臉頰、鏡子裡軍裝筆挺的男子漢、一些遙遠而模糊的影子……他隨著光影在穩定的節奏裡盹著了，醒來時，列車已鑽出地道，行駛在灰濛濛的淡水河畔。

平常，他會先坐車到淡水，站在月臺上欣賞一陣子河岸美景，再往南搭回新店、木柵動物園、南勢角、新埔、昆陽。沒有任何目的，就只是坐著，任光影從他眼前流過。累的時候，不下雨的話，他會選一個公園，在那裡坐上一個下午，看金黃色的太陽從暴烈轉為溫煦，漸漸消逝在天際線的盡頭。

但他今天什麼都不想，七點三刻了，若現在折回去的話，也許還可以等到那群學生。

他上個禮拜在大安高工附近撞見的一群可愛的孩子。

列車停靠後，他再也顧不及風景了，立刻從淡水往回走。

等列車走到北投，他看看錶，發現來不及了，索性便一路往南搭到臺大醫院站，出了捷運，信步走進二二八公園。

他憫憫地坐在公園椅子上，看晨起的老人舞劍打拳。上班族依舊三三兩兩快步走過，紀念碑前，有幼稚園老師帶小孩玩著遊戲，他聽見童稚的嬉嚷在空氣裡迴盪著，疏疏落落。

遠處有救護車的聲音傳來，忽高忽低，忽強忽弱，讓人聽起來心悸。有一陣子，他也愛混進醫院的急診室裡，看擔架、病人進進出出，白袍醫生、護士慌忙搶救，家屬們呼天喊地，感受一種日暮的緊張感，並慶幸自己還好好活著。然這遊戲很快就玩膩了，他改搭公車四處遊蕩。

●間奏2●

老趙緩慢的步履和行色匆匆的都市人明顯不搭調，像是飄浮於急湍之上的一截枯木，在滾滾奔前的人流中，隨時都要淹沒了。但也因為相對時間的落差，讓他可以採取一個凝視的角度，靜靜觀看都市中形形色色的紅男綠女，嗅出他們之間情慾流動的氣味。

捷運列車，像生命的列車，光與影的變化，站與站的交替，不斷喚起人生中某個難忘的片刻；這一切都將隨著落日將盡，抵達終點。然而，在日暮之前，他似乎想攫住些什麼，證明自己真實活著，否則一再混進醫院急診室旁觀生老病死的遊戲，畢竟不能撫慰內心空蕩蕩的失落感啊！

想到醫院，趙學平突然驚覺，自己已經很久不曾去看老傅了。他看看錶，起身理了理衣服，又往車站方向折了回去。

近幾年來，他的老朋友差不多都走了，僅存的幾個不是在醫院，就是哪裡的榮民之家。鳥巢一破，這群青春鳥兒四散紛飛，便再也兜不齊了。

他又回到那四通八達的甬道，列車一站一站停停走走，覷見天光時又是另一個時空了。他安步當車走在木柵的小路上，十分鐘的路程，已夠他累成一條病貓了。

安養院的大門是敞開的，他迎面就聞到消毒藥水的味道。大廳異常地安靜，幾個老人、看護坐在那裡看電視，均鴉雀無聲。越往裡走，藥物和食糜的氣味越濃，絲絲縷縷的，彷彿有什麼東西藏在牆角，正急速腐爛著。

他找到老傅的房間，看見床上那人瞪大眼盯著天花板瞧，彷彿上次一別，就再也沒移動過似的。趙學平心頭一緊，脫口一聲：「老戰友啊……」

他太久沒有開口說話了，以致這句話顯得艱難，嘴唇閉合之際，口水往下吞嚥，淚也跟著擠了出來。

他的朋友沒幾個，老傅是他交情最好的同袍。當年他們一起解甲，老傅娶了個臺灣女人，生了一雙兒女，如今兒子、女兒都念到博士，長期待在國外，幾年難得回來一次。妻走後，就剩下老傅伶仃一人了。

他記得幾年前老傅還清醒時，兩人曾在老傅家喝上幾回。一次老傅喝得爛醉，咿咿啊啊又唱又鬧，他費了好大工夫才把他勸上床，老傅卻突然抱著他痛哭起來。

那張老臉涕淚縱橫，睜著紅通通一雙氂眊的眼說：「我死了，得把骨灰給我帶回雲南去啊！」

趙學平記得當時他強忍著淚，久久都說不出話來。離開前，他為老傅蓋上被子，才喃喃蹦出一句：「不知道自己能不能活得比你久呢？」

如今，那一方天花板就是老傅的全部了，如果那是一張電影屏幕的話，不知道老傅上演的是怎樣的風景？

他聽見門外有看護和家屬竊竊私語著：「來這裡就真成了三等老人了，每天等吃、等睡、等死，不如早點成仙快活。」他一時好尷尬，竟不知該對老傅說些什麼，只能彼此這樣靜靜對望著，任憑窗外天光亮一陣、暗一陣。

走出安養院，天光刺得他睜不開眼。他從懷裡掏出一根菸點上，大大地呼了一口。聽著那燙紅的菸頭嗶嗶剝剝喊疼，眼前一片煙霧繚繞，他一時也失去了主意，不知接下來跟往哪裡走去。

老傅情形他看多了。報紙上，不是經常有無依老人病死在家裡的新聞？

當初沒結婚，蹉跎過了，再也沒勇氣結了。前幾年，有人巴著介紹老婆，那女人一進門，東問西問，嘰嘰喳喳的一張嘴，好不害臊，

畢竟是癡肥的歐巴桑了。

　　後來女人看著沒指望了，纏著他乾爹長、乾爹短的，要他認作乾女兒。但他心知肚明，一切都爲了錢。

　　「門都沒有！」他僅存的這筆錢，是用來辦後事的。他也巴望著有可信賴的人，可以把骨灰帶回山東老家啊。

　　但老家那裡還剩什麼呢？開放探親後他回去過一次，他的父母都老死了，兄弟們歷經文革的翻轉，也都散蕪了。一堆鄉人圍著他，除了熟悉的鄉音，那變了調的故鄉，也就只剩那兩座令他牽掛的老墳了。

•間奏 3•

老傅是老趙的戰友。兩人離鄉背井，從大陸來臺，在軍中服役至退休。老傅選擇結婚生子，老趙始終是孤家寡人，抗拒社會主流價值；到人生的暮年，兩人卻殊途同歸，都是孑然一身！老傅喪妻後，子女長大久居美國，到頭來，他的家庭只剩下他一個人，孤獨地在安養院過著「三等生活」，連交代骨灰回家鄉安葬這樣的大事，都託給了人生最後陪在他身邊的老趙。而特立獨行的老趙，雖然形單影隻，無兒無女，從外表上看來，卻並無龍鍾老態，沒有太多世俗的侵蝕，活在一個自己營造的小世界中。兩個老男人，在人生向晚，相對無言，這其間有太多說不出的感慨和情懷。

　　他走到7-11隨便買個中飯和報紙，坐在階前一口一口慢慢吃著。這冬季的天空又陰鬱起來了，行道樹的落葉不時飄落他的跟前，一個人扒著飯，就覺得蕭索。他忽想起狗沒餵中飯，不知會不會把牠餓著

了？

那隻黑狗，陪伴他七、八年了。初遇時，牠還是隻小流浪犬，他看牠可憐，帶回來養。他給狗取了個叫阿丁的名字，平日抱抱牠、摸摸牠，有心事時還可以同牠講講；但現在，阿丁也已是隻半老的狗了。

然而，他一點都不覺得自己老。他的頭髮雖然稀疏，還找不到半根白髮，他的肌肉猶緊繃著，不輸軍中退役之時。他對穿著很講究，鏡子裡的自己看起來依舊猶如五○年代的紳士。

吃完半個便當，太陽又忽忽露臉，路上行人多了起來，趙學平便覺沒那麼冷了。他攤開報紙，專注地讀著，一字一句深怕漏看了什麼。看見政治新聞，忍不住自言自語批評了幾句，但是遇到政客們炒作「愛臺、賣臺」議題時，不經意便發起火來。他花了好些時間讀完社會版和生活版，隨手再翻閱娛樂版，心情便逐漸好轉起來；等到他再度抬起頭來時，身旁已是落葉滿階了。

他從懷中掏出小剪刀，細細心心把F4、5566等青春偶像的圖片剪下來，然後小心翼翼地折疊好，收在西裝的口袋裡。這是多年的習慣了，他蒐集了一屋子的剪報。男的、女的，明星或模特兒，貼滿那斑駁的牆面，個個都是明眸皓齒，神采飛揚的。那讓他想起以前的自己。

他看看錶，發現時間差不多了。今天是星期五，如果錯失機會，就得等到下週了。他起身把落葉揩掉，理理儀容，又快步往捷運站走去。

鋼鐵巨蟒在高架軌道緩緩蠕動，錯落的建築鬱鬱挨擠在鐵灰色的天空下，這城市的風景早已一點一滴滲入他的身體裡，像水氣緩緩附著的牆面，注定是要長霉的。

他在大安站停下，一顆心卻不斷地往前飛馳而去。

月臺上，疏疏落落的人影畫過他的眼前，紅的綠的藍的灰的影子，弄得他異常地暈眩。他頻頻抬起手來看錶，每回列車轟隆來去，一呼嘯彷彿就過了數年。他坐在那裡從年少等到老耄，眼皮都等乏了，卻看不到他要等的人。

他打起了盹來。夢裡模模糊糊一個熟悉的身影，帶著飛揚的笑聲，引他奔過田壟、越過人群，泅過驚濤駭浪的惡水，最終，迷失在盤根錯節的甬道裡。但他卻認不出那人影是誰……

•間奏4•

除了已經無法清醒的老傅，令老趙牽掛的還有家中老黑狗阿丁。這些年阿丁一直陪伴著他，他也只能和阿丁傾訴心事。狗，讓人想起「忠誠」與「信實」，在老趙的內心世界中微妙地占有一席地。世事滔滔，在政治版面上喧囂，但此時此刻，老趙的心中卻堅定地追逐著一個又模糊又熟悉身影，那像是青春偶像迷人的神采，像是以前年少的自己，像是那一群大安高工可愛的孩子，像是那男孩……。他的心飛馳而去，卻又淹沒在轟隆隆的列車長長的時間甬道中！

醒來時他還在喘氣，鼓盪的思緒停不下來。恍惚間他看到那男孩，穿著制服的，夾在一群同樣制服的學生之間。

他匆匆跟上前去，又被吞入轟隆馳去的巨蟒腹中。

隔著幾個人的距離，他用力嗅著車廂內的吐息。髮油抹過濃的業務、趕回家做飯的婦女、提早蹺班的公務員、活過動過流了一身汗的軀幹，青春的潮騷。他緊緊盯著男孩。

　　那男孩攀在橫樑上，撐出削瘦挺拔的身軀，他臉上的汗毛正滋滋冒著，鬍根從唇畔崢嶸地突露出來；但那面目還是稚氣，帶著春風吹過堤畔的楊柳意。他試著再接近一點，便聽到自己的心跳。

　　這列車，不知將載他往哪裡去？他只能恍恍惚惚跟著那片影子，淹入越來越洶湧的人群之中。然後隨著呼嘯的車聲、哨音上下電扶梯，同人們挨擠著、磨蹭著，進入那光影漫漶的甬道。行屍走肉一般。

　　他漸漸覺得呼吸困難。有一瞬間，他以為自己回到方才的夢中。

　　夢中那影子逐漸明晰，短髮、微髭，如雕像般光滑的面容，虎豹般精悍的肌肉，令人不捨撇離的目光。他發現自己遊走在金門的坑道裡。

　　隧道四通八達，潮溼的壁面反射陰鬱的藍光。水不斷地滲透、滴下，答答答──答。他聞到空氣中，流盪著的男性的體味。

　　那年，他才三十幾歲，有著一張精瘦的臉和野獸般勃起的腹肌。他一路從小跟班做到士官長，隨部隊輾轉從內地流浪到基隆、屏東、澎湖和金門。在那樣日與夜不停變化的光影中，漸漸喪失了時間感，地理環境的劇變也失去了意義。生活對他而言，只是不斷重複的操練、勞作和流不完的汗水。

　　終於，他停在太武山的坑道口，光與暗的交界。

　　他遠遠注視著那個二等兵，短髮、微髭，古銅色的肌膚如虎豹躍動，臉上的汗水，在烈陽下閃爍著鑽石般的光芒。他記下了他的身影、他的名字，夜裡反覆拿出來溫習，那熒熒閃耀如星星般的眼睛。

　　寒冬裡的一天，冷風颼颼響過坑道。一群男人在高粱的催促下都泥爛了。

　　家鄉的風景、村野傳奇都被拿出來，變成吹噓的談資。岩壁在旁

邊聽著，咻—咻—咻，發出一種愚弄的笑聲。他發現聽眾裡有黑影人立而起，默默往浴室走去，他以為他吐了，起身默默追了過去。

昏暗的燈火裡，蜷曲著一個暈開的人影，他聽見頭頂上岩壁「答—答—答—答」的低泣聲。那二等兵轉過臉來，垮下的鼻眼乾嚎著說：「我想家呀……」

他又何嘗不想呢？家鄉的圖像，陡然從枯竭的泉眼噴起，他的一顆心也溼成了綠洲。二個男人遂哭哭啼啼地溶成一團。

他忘了是不是酒精的因素，甚至忘了那二等兵的名字，但他記得他伸出手時，另一顆心也著火般躍動起來。

他聽見坑道裡冷風咻咻咻地笑著，岩壁上燈影搖曳，兩重糾纏的影子。

• 間奏 5 •

那男孩的出現，「帶著春風吹過堤畔的楊柳意」，似乎激活了老邁的身軀，融化了冰封的記憶，在紛亂擁擠氣味雜陳的車廂中，老趙出奇地跌入三十幾歲那年的金門坑道裡。時代戰亂的重挫，一路流浪的軍旅生活，不斷的汗水操練，將身與心都抽離了時間感與地理意義，人的孤獨被放大到絕對化。一次冬冷的黑夜，一場高粱的爛醉，一句思鄉的乾嚎，將兩個剛硬如岩壁的男人溶成一團，疊成兩重影子。分不清是取暖的需要，還是情感的慰藉，老趙的生命列車，在光與暗的交界處出軌了。

寒風颼颼灌進胸口。地上的落葉被轉成了漩渦，隨著風勢飄向遠方。趙學平一抬頭，發現時移境轉，自己早已出了捷運，立在信義計畫區多風的高樓峽谷之中。

天色慢慢轉暗了，他望見天際線後僅餘的一抹殘紅。

「該回去了吧，不知家裡那條黑狗會不會餓著？」他不禁猶豫了起來。

但男孩的身影立刻又閃過他的眼前。

遠處燈火熒熒閃閃。他腳步凌亂地跟著，像遇暴風雨的船隻緊緊盯著燈塔的方向。但男孩的身影一下子淹沒在人海之中，沒多久，趙學平便發現自己追失了方向。

他停在華納威秀門口，喘息著，眼前紅男綠女一波波游過璀璨的招牌底下，亮麗的身形倒映在櫥窗上，像玻璃缸裡五彩繽紛的魚。

不遠的中庭裡有樂團在演唱，隆隆的樂音隨著震耳欲聾的尖叫一波波傳來，刺得人心慌。廣場上煙霧瀰漫，五顏六色的光束和煙火染紅了一整片夜空。

一座青春的烽火之城。

他感到心跳急促起來，連呼吸都有困難。但他已無路可退，他隱隱約約又望見那座燈塔。

他被那燈塔引入了急湧的漩渦，迎面而來的盡是一張張汗濕的臉孔，年輕的面孔：胖的，瘦的，冷漠，跋扈，或歇斯底里的臉孔，彼此推擠著、擠軋著。他一咬牙，踮起了雙腳，奮力從中間擠開一條血路，他的衣服、頭髮都被弄散了，但他再也顧不得了。

好狼狽擠上電影院二樓，卻發現過道裡密密麻麻塞滿了人。男的女的老的少的，嚶嚶嗡嗡交談著。封閉的空間裡充塞著髮膠、香水、口紅和潮濕的體味，他再也聞不到春風拂過堤畔的楊柳意。

從頂上望去，那一顆顆頭顱湧動如波浪，他只能勉強從縫隙裡，窺見一排綠熒熒微亮的出入口。

男孩就站在15號入口前，身旁依偎著一個同樣稚氣的少女。

　　他被擠在人群裡動彈不得，一顆心卻不斷往下沉落。

　　黑暗中不知哪裡傳來一聲尖叫，海水便一吋一吋漫溢上來了，幾乎要淹沒他的鼻口。他意識到背後的人潮高高地鼓盪起來，強大的力量簇擁著他不斷往前挪移。

　　那是個人流的大漩渦，進場的觀眾彼此推擠、踐踏，發出驚心動魄的哀嚎。他察覺自己雙腳陡然騰空了，整個身體竟隨著湧動的人潮漂流起來。他拚命掙扎著、呼救著，卻嚎不出任何聲音。有一瞬間，他感覺呼吸漸漸停止，意識正一點一滴流失。眼前閃過的盡是模糊的殘影，哭泣、尖叫、滾沸的人語，還有殘破不全的鄉音。

　　他聽到老傅喝醉酒的那晚，死抱著他哭說：「天殺的！我們為什麼會來到這座小島？」

　　他依稀聽見那嗚咽的船笛和隆隆的砲聲……

●間奏 6●

　　夢境般的回憶，陡然被現實世界的冷風吹滅了。那男孩的身影，又忽忽招搖，在波濤洶湧的人海中，老趙「像遇暴風雨的船隻緊緊盯著燈塔的方向」。這座青春的烽火之城，處處燃起五顏六色的光束和煙火，隆隆的樂音、各色的臉孔、騷動的氣味，將所有一切捲成巨大的漩渦，老趙狼狽地泅泳，尋找他的燈塔。驀然回首，「男孩就站在15號入口前，身旁依偎著一個同樣稚氣的少女」。這幕景象，讓他的心直直往下沉落。如果男孩是他尋找的青春，那少女又是誰呢？惶惑錯亂之間，他又跌入更大的人流大漩渦，一吋一吋漫溢上來的，是更遠更遠的逝去。「天殺的！我們為什麼會來到這座小島？」追問人生的命定，往往得到的是那麼的荒謬與不得已！

　　他發現自己又踩在家鄉的土地上。

　　青色的高粱田一望無際，白楊樹靜止在遠方，空氣裡有他熟悉的泥土味。他在漫過腰際的高粱桿裡狂奔著，呼喊阿丁的名字。

　　他依稀還記得前一夜，穀倉裡出軌的儀式，兩重糾纏的影子。那一年，他和阿丁都還只是十五歲的少年。他忘了是怎樣開始的？但他記得阿丁伸出手時，他的一顆心也著火般躍動起來。

　　冷風吹過穀倉縫隙，咻咻咻訕笑起來。他同阿丁並肩躺著在禾桿上，一顆心卻直直往下沉落。屋外蟲聲唧唧，月色忽明忽滅，阿丁忽忽轉過臉來，依偎在他的懷裡說：「誰都不能拆散我們……」

　　他緊緊摟住青梅竹馬的愛人，半天答不出話來，鼻裡卻聞到遠方傳來煙硝的氣味。

　　煙硝漫過來了，炮火逼近他們的村莊。他在麥田裡，聽人說阿丁被部隊抓兵了，放下農具便往家裡衝去。他奔過高粱田、繞過白楊樹，找遍阿丁家的菜圃和馬廄，只換來旁人迷惑的眼神。

　　那一刻，他意識到自己要永久失去阿丁了。

　　他驚慌地往家的方向奔去，卻看見母親茫然地站在門口。隔著一段距離和母親遙遙相望，他的淚水再也止不住地流了下來。

　　遠方隱隱有砲聲隆隆，空氣裡流竄著肅殺的氣息，他抬頭看看天色，一咬牙，嚎出一句：「我走了！」便頭也不回地往軍隊的方向追去。

　　誰知這一路便追到青島的港邊。

　　當時，港邊已是一片末日景象，舉目所及盡是逃難的人潮。人們扛著行李、攜家帶眷，無頭蒼蠅一樣東奔西跑。遠方的烽火把青島的夜空點得燦亮，但他四處尋不到阿丁的蹤影。

　　正在猶豫的當口，他聽到一聲尖哨劃破天際，背後的人群驟然湧動起來，一張張驚慌失措的臉，夾著哀嚎、呼救和慘叫聲，推擠成一團。還來不及問清狀況呢，他便被抓伕的軍隊強押著，糊裡糊塗進了船，捲入了那場時空纏錯的漩渦。

•間奏 7•

漩渦的盡頭，浮現了他的青梅竹馬阿丁，那一年他們都是十五歲。穀倉中的祕密儀式，已然註定的出軌。不須問為什麼，單憑一句誓言：「誰都不能拆散我們……」但是冷酷沉重的現實世界，豈是一句誓言能擋，而他竟然捨命相擋！戰爭的無情烽火無預期地捲去了阿丁，在親情與愛情的抉擇口，他也追隨阿丁而去；這一去，自此便踏上了人生的不歸路。一生的孤獨只為信守著一句青春無邪的誓言，一生的追尋其實都是阿丁的身影，追到了光與暗交界的金門坑道，追到了列車轟隆來去的捷運大安站，一直追到了電影院15號出入口；那數字恰也是他們相誓而成永訣的年紀。

　　那是他這一生永遠也走不出去的迷宮。從此之後，他發覺自己被遺棄在縱橫錯雜的甬道，再也不曾找到任何出口。

•間奏 8•

阿丁的失去，讓老趙一生走不出不斷追尋年少青春的迷宮。迷宮中四通八達的甬道，如同城市中錯綜複雜的通路，是現實的寫照，也是內心的圖像，他不由自主地總要跌回到那一個逝去的回憶世界。於是乎，現實、內心與回憶這三個世界彼此交叉，彼此

糾纏，彼此影響，找不到真正的出口。然而，暮年老趙對於少年阿丁忠誠的情感，信實的承諾，卻寄託在戰友老傅與黑狗阿丁之上，潛意識的，將他們緊緊相連，緊緊相伴。暗黑的迷宮看似沒有出口，卻又總在角落閃現微芒芒的光！

──本文選自李志薔：《臺北客》（臺北：寶瓶文化出版社，2005）。

你是旅客？還是班車？在下一站幸福的出入口，能不能與你再重逢？
（圖：劉芸攝）

▌▌主旋律▌ ⁙────────

　　李志薔（1966～），高雄人。畢業於交通大學機械系，臺灣大學
機械所，創作兼及文學和電影，是能導能寫的全能型劇作家。起初
放棄電子新貴的工作，投入電影界，從參與紀錄片起身，進而執筆寫
作，最後轉而拍攝電影，並擔任多部影片之導演、編劇、監製等職
務。曾獲聯合報文學獎、臺灣省文學獎、中國文藝協會青年文學獎
等三十多項獎項。第一部劇情長片《單車上路》（2006），獲邀曼漢
姆及福岡影展。電視電影《秋宜的婚事》（2010）入圍金鐘獎最佳影
片及最佳劇本；《十七號出入口》（2011）獲邀日本亞洲同志影展；
《你現在在哪？》（2010）獲得臺北劇本首獎。2012年監製《候鳥來
的季節》並擔任生態導演，入選臺北電影節最佳劇情片、金馬獎等多
項。李志薔擅長細膩深刻的劇情編導，詮釋多元面向的生命題材，引
發觀眾省思人生經驗，獲得廣大迴響。

　　在文學創作上，李志薔的小說以濃郁的抒情筆墨勾勒，以熱烈的
電影鏡頭構圖，凝視社會底層的老兵、外籍新娘、原住民、自我放
逐的青少年、遊民、計程車司機等。或寫離開原鄉的永遠失落，或寫
時代環境對個人的傾軋。一齣齣在我們身邊上演的悲喜劇，挑動的是
異鄉客生存的癲狂與錯亂。作品有小說集《臺北客》；散文集《甬
道》、《雨天晴》、《臨海眺望》；影像書《流離島影》等。

　　本文選自其小說集《臺北客》。敘述一個老榮民在一天之中遊走
臺北都會追逐青春少年的旅程，他深陷於重重回憶的漩渦之中，不斷
回想從前一段段流離黯澹的遭遇。當時簡單的承諾，慘痛的永訣，在
老榮民的腦海中翻疊交錯，生動描寫了時代動亂的陰影，同性情感的
糾結與老年人的滄桑晚景。本文隨後並改編成電視電影《十七號出入

口》，重新詮釋這一段淒美而苦澀的老兵故事。

▋協奏曲 ┆•━━━━━━━━━━━━━━━━━

　　閱讀完《15號出入口》，感覺到那一段淒美而苦澀的故事，在光影的交錯、氣味與觸擊的激發之下，文中老趙的記憶一幕幕的閃過。請同學們仔細回想從前的生活中是否也有這樣的場景：多年之後，事過境遷，再一次回到某一個特殊的地方，突然之間記憶如走馬燈一幕幕的閃過。請於下列表格中以四格漫畫的方式，將圖像及對白以創意書寫的方式表達出來。

那些流離的、倉促的、參差的、不成形的心事，溶在淚雨中，錯得多美麗！
（圖：劉芸攝）

【時光四格：（題目）】學習單	
1.	2.
3.	4.

▌▌迴旋曲▌•:•────────────────

1. 明・馮夢龍：〈范巨卿雞黍生死交〉，《喻世明言》（臺北：三民書局，2010）。

2. 清・蒲松齡：〈黃九郎〉，《聊齋誌異會校會注評本》（臺北：里仁書局，1991）。

3. 白先勇：《孽子》（臺北：允晨文化事業，1992）。

4. 陳映眞：〈將軍族〉，《我的弟弟康雄》（臺北：洪範出版社，2001）。

5. 顧肇森：〈張偉〉，《貓臉的歲月》（臺北：九歌出版社，2004）。

6. 蔣勳：〈因為孤獨的緣故〉，《因為孤獨的緣故》（臺北：聯合文學，2002）。

7. 李安（導演）：《喜宴》（臺灣：中央電影公司，1993電影）。

8. 陳正道（導演）：《盛夏光年》（臺灣：前景娛樂公司，2006電影）。

9. 李志薔（導演）：《十七號出入口》（臺灣：公共電視臺，2011電影）。

（兵界勇選編）

「溫暖關懷心」

面對長者、兒童等弱勢族群，甚至是種族、國族、階級等異己身分，習慣性的刻板印象、有意無意的歧視，經常造成人與人間的衝突和緊張。唯有擺脫本位主義的思考，以同理心去包容他者，學會真誠的尊重與溫暖的關懷，才能化戾為祥，避免人間悲劇發生。所選的篇章有：

韓愈〈圬者王承福傳〉，為一位名不見經傳的泥水匠作傳記，活畫小人物雖然地位卑微，卻能自食其力、安分守己的高貴形象，突顯出社會上位高權重，卻尸位素餐，或者利慾薰心，終至貪邪喪身的官僚貴人醜惡的一面。

莫那能〈鐘聲響起時——給受難的山地雛妓姊妹們〉，有感於親生妹妹慘遭人口販子拐騙出賣靈肉的切身之痛，寫出被壓迫在社會最底層下的受難者內心渴望獲得救贖與重生的殷切企盼，希望能喚醒冷漠的社會大眾，關懷弱勢，給予溫暖的擁抱和幫助。

四重奏「溫暖關懷心」選篇一：
韓愈〈圬者王承福傳〉

▌奏鳴曲▐ •————————

　　圬[1]之為技，賤且勞者也。有業之，其色若自得者。聽其言，約而盡；問之，王其姓，承福其名，世為京兆長安[2]農夫。天寶之亂[3]，發人為兵，持弓矢十三年，有官勳。棄之來歸，喪其土田，手鏝衣食[4]，餘三十年。舍於市之主人，而歸其屋食之當[5]焉。視時屋食之貴賤，而上下其圬之傭[6]以償之；有餘，則以與道路之廢疾餓者焉。

1　圬：承托泥水的工具，即今之抹泥刀。此處作動詞，意指用抹泥刀塗飾牆壁，音ㄨ。圬者，即塗飾牆壁的工人，俗稱「泥水匠」。

2　京兆長安：唐於首都長安設京兆府。京與兆皆古時的大數，故用以指眾人聚集之地。

3　天寶之亂：唐玄宗天寶14年（755），安祿山、史思明反叛，次年，攻陷長安，玄宗出奔四川，史稱「安史之亂」。

4　手鏝衣食：操持抹泥刀謀取衣食。手，作動詞，操作。鏝，即指「圬」，抹泥刀，音ㄇㄢˋ。

5　歸其屋食之當：指用所得之工資，繳回應納的食宿費用。歸，繳納。當，等值的抵當之物，音ㄉㄤˋ。

6　傭：報酬。

•間奏 1•

「傳」本是記述人們言行的文體,但是在此文中,韓愈並不是以
史官的身分爲王承福作史傳,甚至王承福也可能是虛構人物。
因此,〈圬者王承福傳〉只能算是私傳的性質。第一段首先說明
王承福的生平大略。他本爲農夫,戰亂時曾經投身沙場,建立功
勳;但他放棄官位,選擇回歸故鄉,當一名自食其力的水泥匠。
工資多寡視他勞動多寡而定,除了支付他個人的食宿費用外,餘
額並沒有存起來,反而是捐給路邊需要的人。韓愈對於王承福的
生活背景並沒有太多的描述,但從簡要的文字裡,就透露出王承
福怡然自得的工作態度與不貪貨利的人生價值觀。

又曰:「粟,稼而生者也;若布與帛,必蠶績[7]而後成者也。其
他所以養生之具,皆待人力而後完也,吾皆賴之;然人不可徧爲[8],
宜乎各致其能以相生[9]也。故君者,理我所以生者也,而百官者,承
君之化者也。任有小大,惟其所能,若器皿焉;食焉而怠其事,必有
天殃[10],故吾不敢一日捨鏝以嬉。夫鏝,易能可力焉,又誠有功,取

7　蠶績:養蠶和紡織,皆作動詞。績,將麻或其他纖維搓成細線,引申爲紡織的意
　　思。

8　徧爲:什麼事都做。徧,通「遍」,音ㄅㄧㄢˋ。

9　各致其能以相生:意指社會上各階層行業各自發揮其能力,互助合作,求得生存。
　　致,付出。

10　殃:災禍。

其直[11]，雖勞無愧，吾心安焉。夫力，易強[12]而有功也；心，難強而有智也。用力者使於人[13]，用心者使人，亦其宜也，吾特擇其易為而無愧者取焉。

·間奏*2*·

雖然韓愈沒有明寫，但從行文之間就可得知韓愈和王承福展開了一段對話。在韓愈問出他的身家背景之後，王承福滔滔不絕說明他對於泥水匠這份工作的看法，主要在於社會需要各階層分工合作，他自認為適合勞力的工作，因此選擇當個泥水匠，以勞力換取酬勞。這是最簡單而直接、讓他心安理得的工作。試看社會百態，有著形形色色的人物、五花八門的工作，如何選擇適合自己的工作，其實需要相當的智慧。

嘻！吾操鏝以入富貴之家有年矣，有一至者焉，又往過[14]之，則為墟矣；有再至、三至者焉，而往過之，則為墟矣。問之其鄰，或曰：『噫！刑戮[15]也。』或曰：『身既死，而其子孫不能有也。』或曰：『死而歸之官也。』吾以是觀之，非所謂食焉怠其事而得天殃者

---

11 直：通「值」，指酬勞或工資。

12 強：勉強，音ㄑㄧㄤˇ。下文「難強而有智」、「強心以智而不足」、「強為之者」之強，均同此。

13 使於人：被動式句型，被別人役使、指揮，意指從事勞力工作者往往是被別人役使、指揮。下文「用心者使人」，意指從事勞心工作者往往役使、指揮別人。

14 過：拜訪。

15 刑戮：因犯罪而判刑或處死。

邪？非強心以智而不足[16]，不擇其才之稱[17]否而冒之者邪？非多行可愧，知其不可而強爲之者邪？將富貴難守，薄功而厚饗[18]之者邪？抑豐悴[19]有時，一去一來而不可常者邪？吾之心憫焉，是故擇其力之可能者行焉。樂富貴而悲貧賤，我豈異於人哉？」

間奏 3

王承福從事泥水匠工作三十多年來，出入往來的富貴之家不知凡幾，常常見到富貴人家的滄桑變化，也引發王承福的好奇心。詢問之下，他得出五種富貴沒落的原因：或者因爲怠忽工作遭天譴；或者因爲才智不足卻冒充不適任的職位；或者因爲多做虧心事而敗露；或者因爲大肆揮霍，坐吃山空；或者沒有什麼特別緣故，只是因爲世事無常、人生福禍難料罷了。看在王承福眼裡，他不勝唏噓。因此，他寧願選擇自己能力範圍可及的工作來做。縱使有更多的富貴榮華，他認爲自己沒有能力擔當的話，也如同過眼雲煙。而世間眾生，有多少人能做到王承福這樣？

又曰：「功大者，其所以自奉也博[20]，妻與子，皆養於我[21]者也，吾能薄而功小，不有之可也。又吾所謂勞力者，若立吾家而力不

---

16 強心以智而不足，意指勉強運用心機智巧去獲得，卻不自量力。

17 稱：合適，音ㄔㄥˋ。

18 薄功厚饗，貢獻少卻享受多。薄：少。功：功勞、貢獻。厚：多。饗：享受。

19 豐悴：意指人事之興衰起伏。悴，窮困、衰弱，音ㄘㄨㄟˋ。

20 自奉也博：意指供養自己的物資非常豐厚。

21 養於我：被動式句型，被我生養，意指妻子兒女皆靠他養家活口。

足，則心又勞也，一身而二任[22]焉，雖聖者不可能也。」

・間奏4・

承接上述的工作觀，王承福繼而提到了他的婚姻觀。他認為既然自己能力淺薄，錢賺得也少，寧願獨身而居，也不願娶妻生子而增加負擔。古人有「不孝有三，無後為大」的傳統觀念，成年人必須養育後代，背負更多的責任，這是天經地義的事。王承福的獨身主義因此顯得非常獨特。而在競爭愈趨激烈，經濟相對剝削的現代社會裡，人們經常發出「錢歹賺，囝細漢」（閩南話）的感歎。現代人也已經漸漸不受傳統觀念的束縛，因此「一人飽，全家飽」的單身主義日益流行。結婚與否，各有得失，而你認同王承福的看法嗎？

　　愈始聞而惑之，又從而思之，蓋賢者也！蓋所謂獨善其身者也！然吾有譏焉，謂其自為也過多，其為人也過少，其學楊朱之道[23]者邪？楊之道，不肯拔我一毛而利天下。而夫人[24]以有家為勞心，不肯一動其心以畜[25]其妻子，其肯勞其心以為人乎哉？雖然，其賢於世之患不得之而患失之者，以濟[26]其生之欲，貪邪而亡道以喪其身者，其

---

22 一身而二任：意指一個人同時肩負勞心與勞力的工作。

23 楊朱之道：楊朱，字子居，生卒年不詳，戰國時衛人。其書不傳，僅散見於《列子》、《孟子》諸書中而已。其學說主張「為我」、「拔一毛而利天下不為也」，與墨子的兼愛思想相反。

24 夫人：此人。夫，音ㄈㄨˊ。

25 畜：養育，音ㄒㄩˋ。

26 濟：完成，滿足。

亦遠矣[27]！又其言有可以警余者，故余爲之傳[28]而自鑒[29]焉。

•間奏5•

最後一段寫的是韓愈對於王承福的批評，文字簡潔，力透紙背，展現了正、反、合三個層次，極富邏輯辯證的思緒脈絡。首先，他稱讚王承福是獨善其身的賢者，但不免譏諷他爲自己打算得過多，爲他人考慮得過少，算是楊朱者流。可是，轉念一想，縱使王承福是自私的人，但比起社會上一般追求富貴利祿，患得患失，貪贓枉法，終至身敗名裂之徒，實在是好得太多了。此語一出，本文的主旨可說是「圖窮匕見」：韓愈藉由一個謹守本分的小人物，諷刺社會上那些位高權重、利慾薰心，終至自取滅亡的人們，並以此自我警惕。全文行筆看似樸實簡潔，實則巧妙運用對比，極富辯證機鋒，發人省思。

── 本文選自馬通伯校注：《韓昌黎文集校注》（臺北：華正書局，1982）。

▌|主旋律|•

　　韓愈（768～824），字退之，唐代河南河陽（今河南省孟縣南）人。昌黎（今河北省徐水縣西）是其郡望，故常自稱昌黎韓愈，世稱韓昌黎；晚年任吏部侍郎，又稱韓吏部。卒諡文，世稱韓文公。

27　其賢於……其亦遠矣：此爲比較式句型，意指比起那些患得患失、貪邪無道的人還要賢能得太多了。亡道，即「無道」，亡，音ㄨˊ。

28　爲之傳：爲王承福作這篇傳記。傳，作傳，音ㄓㄨㄢˋ。

29　自鑒：自我警惕，引以爲鑒。

　　韓愈出生不久，母親過世，3歲喪父，受長兄韓會撫育。後韓會病逝，由兄嫂鄭氏撫養成人。韓愈至7歲才開始讀書，13歲能寫文章，21歲赴長安應試，三試不第，直至25歲方中進士。以後累官至國子監祭酒、京兆尹、吏部侍郎等職。因個性耿介，直言不諱，觸犯朝廷，曾兩度被貶。57歲病卒，宋朝元豐年間追封爲「昌黎伯」。

　　韓愈以闡明儒家之道爲宗旨，排斥佛老思想，是當時古文運動的倡導者。他主張以先秦兩漢內容充實、形式自由的散文，取代六朝以後空疏無本、華而不實的駢文。因此，他的散文以「載道」爲主，以「去陳言」爲助，內容豐富，氣魄雄渾，形式多樣，眾體兼長，不落俗套，力求創新，構思奇巧。蘇軾稱讚他「文起八代之衰，而道濟天下之溺」。明代茅坤選錄韓、柳、歐、曾、王、三蘇的作品，爲習文的楷模，尊他爲「唐宋古文八大家」之首。著有《昌黎先生集》。

　　本篇〈圬者王承福傳〉是韓愈爲一位自食其力、安分守己的泥水匠王承福所作的傳記。雖然王承福未必實有其人，但在作者生花妙筆描畫之下，一個謹守本分、無欲無求的市井小民形象顯得栩栩如生。由此更突顯出當時社會上位高權重，卻尸位素餐，或者利慾薰心，終至貪邪喪身的官僚貴人醜惡的一面。

▌協奏曲▐ ⋅▸━━━━━━━━

　　你是否曾經關注過身邊的小人物？或許是踽踽獨行、身形佝僂的拾荒老婦，她滿面的皺紋寫著多少滄桑的歷史；或許是眼神害羞、語言不通的外籍勞工，努力比手畫腳嘗試表達他的心意；或許是深夜徘徊路邊、滿身酒味的流浪街友，不在意旁人眼光倒頭睡在垃圾堆前，表達對社會無言的抗議；或者，在蠕蠕蠢動的眾生中那一個毫無特

色、卑微渺小的某人，從不曾引起別人的注意，透明而蒼白的活著的
他、或者她……。每一個人物都有屬於自己的故事，每一個生命都有
存在的絕對價值。請你用敏銳的眼光、溫暖的心意，為身邊的小人物
撰寫傳記，進行一場文學的素描吧！

看不透的黑貓，凝望時間的
眼，等著下一刻，忽然縱身
永恆的謎題。
（圖：劉芸攝）

斷牆之外還有斷牆，但在此
處，且蓬蓬勃勃開滿一季春
天吧！（圖：劉芸攝）

【小人物大素描】學習單	
人物圖像	（請用文字搭配圖畫，爲這位小人物的外在形象進行素描）
對話交流	（請化身爲小小記者，爲他進行採訪，並簡述內容）
心靈迴響	（請簡述自己聽完小人物故事之後的心得感想）

▌迴旋曲▌ ⟡────────────────────

1. 柳宗元：〈種樹郭橐駝傳〉，《柳宗元集》（臺北：華正書局，
   1982）。
2. 李家同：〈車票〉，《讓高牆倒下吧》（臺北：聯經出版公司，
   1995）。
3. 黃春明：〈售票口〉，《放生》（臺北：聯合文學出版社，
   1999）。
4. 張大春：《尋人啟事》（臺北：聯合文學出版社，1999）。
5. 謝文憲：《人生最重要的小事：擁有不遺憾的人生一定要做到的四
   十件事》（臺北：春光出版社，2013）。
6. 楊力州（導演）：《被遺忘的時光》（臺北：穀得電影公司，2006
   紀錄片）。

（李佳蓮、王惠鈴、兵界勇選編）

時間銹蝕了曾經的繁華與光鮮，悲憫般，留下了一段段的故
事，道不盡的塵世滄桑。（圖：劉芸攝）

四重奏「溫暖關懷心」選篇二：

莫那能

〈鐘聲響起時──給受難的山地雛妓姊妹們〉

▋奏鳴曲▋ ·⊱────────────────

　　當老鴇[1]打開營業燈吆喝的時候，

　　我彷彿就聽見教堂的鐘聲，

　　又在禮拜天早上響起，

　　純潔的陽光從北拉拉[2]到南大武[3]，

　　灑滿了整個阿魯威部落[4]。

·間奏 1·

　　本詩一開始，即揭出山地原住民女孩被迫從事出賣靈肉的工作。
當老鴇打開營業所的燈時，就是她們悲慘面對一天工作的開始；
就在同一時刻，耳朵彷彿聽到教堂做禮拜的鐘聲，這是一種祈求
與內心的盼望：能否有一天，回到家鄉與親人朋友一同上教堂？
然而，在雛妓的生活中，老鴇的吆喝聲卻取代了教堂的鐘聲。詩

1　老鴇：開妓院的女老闆。鴇，音ㄅㄠˇ。

2　北拉拉：拉拉山北段，環繞於新北市和桃園縣邊界，為排灣族人口最北的分佈地。

3　南大武：大武山南段，位於臺東縣達仁鄉境內，為排灣族人口最南的分佈地。

4　阿魯威部落：位於臺東縣達仁鄉安朔村，是排灣族的一個部落。

人莫那能以交疊的筆法，寫出雛妓們靈肉的苦痛，以及祈願靈肉的救贖。

當客人發出滿足的呻吟後，

我彷彿就聽見學校的鐘聲，

又在全班一聲「謝謝老師」後響起，

操場上的鞦韆和蹺蹺板，

馬上被我們的笑聲佔滿。

●間奏 2 ●

詩中道出雛妓接客時，內心痛苦的煎熬。本該是快樂上學的時光，自己卻淪為被拐騙的雛妓，尋歡客的呻吟與學校鐘聲形成強烈的對比，產生極大的諷刺。在雛妓的生活中，多麼希望自己此時能與學校同學們同在操場奔馳玩耍，並開懷地笑鬧。

當教堂的鐘聲響起時，

媽媽，你知道嗎？

荷爾蒙的針頭提早結束了女兒的童年，

當學校的鐘聲響起時，

爸爸，你知道嗎？

保鏢的拳頭已經關閉了女兒的笑聲。

• 間 奏 *3* •

本段詩句「教堂的鐘聲」實際上是「老鴇的吆喝聲」。為了催熟雛妓們的生理發育以便接客，老鴇與操控雛妓們的保鏢向她們注射賀爾蒙，讓她們的身體成為大人的樣子，提早結束了童年；如果稍有反抗，想要掙脫不從，便慘遭保鏢的毒打。

再敲一次鐘吧，牧師，

用您的禱告贖回失去童貞的靈魂，

再敲一次鐘吧，老師，

將笑聲釋放到自由的操場，

當鐘聲再度響起時，

爸爸、媽媽，你們知道嗎？

我好想好想，

請你們把我再重生一次……

• 間 奏 *4* •

本段詩句中的「鐘聲」，是雛妓們的盼望：祈願教堂鐘聲的敲響，讓牧師的禱告贖回童真的靈魂；祈願學校的鐘聲敲響，讓老師釋放失去自由的歡笑聲；在祈願的鐘聲中，殷切盼望爸媽能將自己重新地生回到這個世界。詩末道出雛妓們內心祈願能有個全新的自己，快樂無憂的生活。

──本詩選自馬列亞佛斯‧莫那能《美麗的稻穗》（臺北：晨星出版社，1989）。

▌主旋律 ▏

　　馬列亞佛斯・莫那能是臺灣原住民排灣族人，漢名為曾舜旺，他出生在臺東縣達仁鄉安朔村的阿魯威部落。莫那能自從國中畢業後，即因家境貧窮以及眼疾而沒有繼續升學，雖然考取臺東師專以及空軍機械學校，還是放棄了學業，選擇離家出外工作。他的妹妹曾被人口販賣的惡徒拐騙販賣而從事特種行業，莫那能為了救援妹妹出火坑，卻慘遭惡徒毒打，導致雙眼視力更為惡化。不但如此，往後幾年，命運的打擊接二連三地降臨在他身上，莫那能先後罹患肺結核以及甲狀腺癌，生命的波瀾一再地衝擊著他。在他20歲那年，更因車禍導致眼睛全盲，從此世界一片漆黑，卻也因此改變了他。他自此以清澈靈明的心靈去洞察世事，不再受擾於外界紛亂欺瞞的假象，以更多的內在反省去體悟人性，以更多的時間去書寫原住民生活遭遇，因而創作出許多感人肺腑與令人反思的詩篇。

　　莫那能在全盲之後，全心投入社會關懷運動，在淡江大學王津平教授的引薦下，認識諸多關懷社會弱勢階層的知識分子，也開始接觸臺灣歷史、政治與文化的相關知識，反思原住民在臺灣社會的地位問題；並藉著學習漢文，創作關懷原住民動人的詩篇，為弱勢的臺灣原住民文化以及原住民傳統，抒發公理與正義之聲。

　　臺灣在1986年成立「彩虹專案」，是第一個關懷原住民雛妓的民間團體，從事救援與收容雛妓的工作，並陪伴這些不幸的少女重新返回社會。接著於1987年舉行「反對販賣人口──關懷雛妓」的社會活動，當時原住民少女被迫從事色情行業的情況相當普遍，因此當時婦女運動團體便發起「反雛妓運動」，要求政府取締不法的色情行業，因為雛妓問題涉及了兒童販賣與人權問題，於是當「反雛妓」活動一

開始，便普遍受到社會各階層的認同與迴響。本篇〈鐘聲響起時——給受難的山地雛妓姊妹們〉，是莫那能有感於自己的親生妹妹遭遇人口販子拐騙出賣靈肉的淒慘生活，於是寫出原住民雛妓內心渴望救贖與重生的殷切祈願。希望能喚醒臺灣男性的道德良知，革除醜陋、野蠻的嫖雛妓惡習；更希望社會大眾能關懷弱勢，給予溫暖的擁抱與幫助。

▌▌協奏曲▏·∗

　　所謂「人間自有溫情在」，我們從小到大，在生活周遭遇到需要我們伸出援手的時候，例如：在車水馬龍的車陣中，幫助老弱過馬路；協助急症的同學上醫院就診；或是反過來，自己是接受別人溫暖的人，例如：遇到急難時，來自同學生活上的協助等。

　　請同學回想一下，這些溫暖的施與受是何等美好的人生體驗！當我們伸出溫暖的雙手，不僅讓我們感受到「施比受更為有福」，同樣的，當我們接受這雙來自人情溫暖的手，更讓人感受到有如火炬的溫情，以及一股向上提昇而重新站起的力量。

　　本作業主題是「溫暖的施與受」，請同學寫出自己對別人伸出援手的經驗；以及自己曾接受別人幫助的經歷，完成這份溫暖與關懷的心情故事。

【溫暖的施與受】學習單	
【步驟一】 請寫出自己幫助別人的經驗與心情故事。 （請將事發經過詳述而出）	
【步驟二】 請寫出自己接受別人幫助的經歷與心情故事。 （請將事發經過詳述而出）	

▌迴旋曲 ▌∗

1. 拓拔斯‧塔瑪匹：〈臺灣媳婦的心願〉，《臺灣醫療文選》（臺北：二魚文化，2005）。

2. 陳長文：《愛與正義》（臺北：天下文化出版社，2012）。

3. 鍾喬：《靠左走，人間差事》（臺北：心靈工坊，2013）。

4. 麥可‧傑克森、萊諾‧李奇：〈We Are the World / USA for Africa / 單曲〉（哥倫比亞唱片，1985）。

5. 黃煜晏：《擁抱45度C的天空：愛‧關懷‧魔術醫生的非洲行醫手記》（臺北：高寶出版社，2012）。

（陳鍾琇選編）

家是最溫暖的歸宿，在愛中獲得救贖，得到療癒。（圖：李佳霖）

「環保最樂活」

有句話說：「無論慢活、快活，都是為了樂活！」所謂「樂活」（LOHAS, Lifestyle of Health and Sustainability），就是愛地球、愛動物、愛自己的永續生活態度，降低物質欲望，以健康及簡單的型態快樂過生活，並將環保的精神擴及自身，不僅愛護環境資源，更強調安頓個人生命，做好自己的「身心靈環保」。所選篇章有：

程顥〈秋日偶成〉，以悠閒從容的心靈，靜觀萬物各顯其自在的樣貌與自得的神情，感受四季變化的佳妙，享受天地自然的樂趣，不管遇到什麼樣的處境，都能輕鬆以對，活出優勝美麗的人生。

蕭蕭〈八卦山下的自然童玩〉，回憶小時候如何親近土地，利用大自然的資源，製作一件又一件有趣的童玩。在遊戲的過程中，身體機能獲得訓練，思考和創造力得到發揮，從今天的角度來看，就是「樂活」精神的最佳實踐。

五重奏「環保最樂活」選篇一：
程顥〈秋日偶成〉

■■|奏鳴曲| •━━━━━━━━━━━━━━

閒來無事不從容，睡覺[1]東窗日已紅。

間奏 1

　　日子清閒無事，從容臥起，紅豔豔的旭日已映上東窗。程顥此詩，扣緊「閒」字進行抒發。所謂「閒」，並非偷閒或怠惰，更不是高枕貪睡，而是一種生活中的「閒趣」。清・張潮《幽夢影》中就提到：「人莫樂於閒，非無所事事之謂也；閒則能讀書，閒則能遊名勝，閒則能交益友，閒則能飲酒，閒則能著書，天下之樂孰大於是。」「閒」成為一種生命中的樂趣，具有積極的人生哲理。在讀書、著述、旅遊、結交益友等等賞心樂事中尋見「閒」之理趣，是宋代以來文人墨客所崇尚講究的。

　　近代幽默大師林語堂在《生活的藝術》中也說：「享受悠閒生活，當然比享受奢侈生活便宜得多。要享受悠閒的生活，只要一種藝術家的性情，在一種全然悠閒的情緒中，去消遣一個閒暇無事的下午。」生活要能悠閒從容，首先須具備「藝術」的心靈

1　覺：醒，音ㄐㄩㄝˊ。

與心態，不汲汲營營於富貴名利，讓「心」與「身」俱得從容，
方能臻至孔子所謂「從心所欲不逾矩」的自由之境。若能以此閒
適之心，去體會這個不造作的世界；以此體道的眼光，去發現人生
的況味和生命百態，即能對自我與萬物有更深刻的認識及體會。

萬物靜觀皆自得，四時佳興與人同[2]。

• 間 奏 *2* •

　　靜觀萬物，而有得於心，四時佳景雖各自不同，卻與人同
適，一樣自在快意。程顥從一「閒」字出發，盡述他澄澈心靈
中的靜悟。「閒」之境界，意指能在「靜」中洞見世間萬物的自
然變化，使自己處在無拘無束的狀態。春夏秋冬各有其殊勝，
不需因四時更替而悲喜，也不使離合榮辱影響內心，只要存持天
理，將個人生命氣質的陰暗陷溺全盤洗滌而成一晶瑩澄淨的狀
態，自然能夠體道悟真。這是屬於心靈的環保工夫，時常被忽
略，卻被理學家反覆申論，展現自我對於自然天理的深刻體會。

　　這個階段的閒趣，雖由「靜觀」中得，但此境界既可在獨自
一人時閒觀，於內心有所領悟時，又可與親朋好友分享，共賞四
時佳興，非常愜意！這些都要靠人去品味，才能體會世間萬事萬
物各殊的情態，不必因為人間的窮達順逆而產生情緒上的波動。
宋明理學家所說的「靜觀」，也類似佛家所謂的：「放下」。佛
家道理有言：「放下時自在，提起時也同樣自在。」心思清靜的

2　同：適也。在此意謂與人同適，亦即由物及我，共暢此樂。

人，不論遭逢什麼變化，皆能處之泰然，自在安心，因為無內在之「欲」的造作干擾，凡事皆在理上、皆在自然裡，則萬事萬物都是美，都各有巧妙，天真可愛，生命自是樂活而有趣！

道通天地有形外，思入風雲變態[3]中。

•間奏 *3*•

「道」是天地萬物的本源，不會隨著萬物的生滅而有所增減。明白至高的道體直通到有形的天地之外，讓自己的思緒進入世間的風雲變化之中，應時屈伸，就能懂得靜觀之樂，明白天地間一切的風雲變化都是理所當然，自然悲喜不入於心，興衰遷變、生死聚散也是再自然不過的道理。如果一切皆為自然，那麼何苦讓自己的生命因執著而痛苦、因內在隱微不明的欲望使得心靈變得幽暗？在人一生中，有憤恨，也有哀怨，但是許多的怨懟與不平其實來自於心對於外物的反射。如果自我之心能夠透明澄靜，則所照見的一切事物變化就沒有怨恨、恐懼，反而能夠洞見宇宙奇幻變化之理。

要能明白道體的真理，就要時時淘洗受到外在相對價值污染的心，不因世俗評價隨波逐流，而應有自我的自覺判斷，在「變」中體悟自然「不變」之理。正如蘇軾〈前赤壁賦〉所說：「蓋將自其變者而觀之，則天地曾不能以一瞬。自其不變者而觀之，則物與我皆無盡也，而又何羨乎？」道之真理，就寄寓在「靜觀」之中。

---

3 變態：指天地的風雲變化與萬物的生滅之變。

富貴不淫[4]貧能樂，男兒到此是豪雄。

•間奏4•

　　身處富貴時，不因放縱而流連忘返，迷失本性；在困頓中依然能不改其樂，無入而不自得。心境能坦然到這種境界，不就是「豪雄」了嗎？何必一定要外在的功名利祿加身，勢力權柄在握？程顥師事於周敦頤，求學期間，周敦頤時常要求學生思考「孔顏之樂」如何可能？因為孔子與顏回困頓一生又不得志，卻安貧樂道不改其志，程顥由此覺知了人生的道理。孔子主張：「貧而樂道」，孟子則說：「富貴不能淫」，正是程顥所稱道「富貴不淫貧能樂」的意義。

　　詩中所謂「男兒」，自是指稱當時的知識份子而言；然時至今日，在學行上能有所成就的，絕非男子而已，能夠以己心體貼親近自然變化、將「損人欲以復天理」落實的，就是能「明道」之人。有了能靜觀外物與自我內在生命的從容心境，則不難體會「小鳥枝頭亦朋友，落花水面皆文章」的悠然情趣，生命自然無憂無懼、悠遊自在。

——本文選自《全宋詩》，第十二冊（北京：北京大學出版社，1998）。

---

4 淫：放縱。

▇▏主旋律▏•⟶

程顥（1032～1085），字伯淳，世稱明道先生。北宋理學家，河南洛陽人。與弟程頤（1033～1107）師事周敦頤。程顥與程頤並稱「二程」，是「北宋五子」的代表人物，對於宋代理學思想的建構影響極大。

程顥出身書香門第，人格光明磊落，個性溫和清明。幼時讀書聰慧過人，十歲即能寫詩，寫下：「中心如自固，外物豈能遷？」這般具有哲理的文字。他講學授課，門下學生眾多。學生劉立之常跟朋友說：「與老師相處這麼久，從來沒見他發過火、動過怒，一般人很難有這種修養。」足見程顥為人是寬厚能容的。學生們每天跟隨程顥學習，從他的言行中感受真正的儒者風範，所以評論程顥時說：「與老師相處，真有一種春風拂面的感覺。」他的門人朱光庭曾在汝州拜見他，一個月後回來，家人問他：「程先生待你如何？」他愉快回答：「光庭宛如在春風中坐了一個月。」程顥的教學讓門生感覺如沐春風，培養出許多優秀的門生，頗得當世敬重。

〈秋日偶成〉是程顥的詩作，提醒我們在匆忙的生活中不忘隨著四季變化享受自然的樂趣，靜觀萬物各顯其自在的樣貌與自得的神情，由心靈自在、樂活心靈做起，釋放負面情緒，以樂活概念追求身心靈的光合作用，落實永續環保、節能綠化、心靈富足的樂活運動！

▇▏協奏曲▏•⟶

現代生活雖然便利，但是壓力很大、痛苦很多。在持續前進的過程裡，你是否忘了善待自己、善待周遭環境？要想「樂活」，就要

先懂得善待環境，維持大環境的和諧；同時，要能夠善待自己，做好
內在的心靈環保，維持自我存在的和諧，理解怎樣使用自己的專長，
生命才不會只有消耗而導致貧乏。「樂活族」注重環保與健康，追求
「快樂簡單，用心生活」，重視身心靈的光合作用，生命自然而然樂
活自在！

　　身體需要保養，心靈和情緒也需要保養，為自己設計一本「樂活
存摺」吧！仔細記錄一天或一週的日常生活與思維：負面情緒與行
為都屬於「消耗」；正面意念的建立如：快樂、自信、平靜、滿足，
或自我反省、戶外運動等都歸入在「提升」。觀察一下，你的樂活存
摺裡是消耗的多？還是提升的多？每一種提升都可以＋1分，多一種
消耗則－1分。鼓勵大家利用存取的方式來轉念思考，讓自己也成為
「樂活」一族吧！

飽蘸秋色的牧地狼尾草，搖一搖頭，揮一揮手，便揚起了滿天欲飛的相
思。（圖：劉芸攝）

【樂活存摺】學習單			
日期	摘要	消耗	提升
結算			

▊| 迴旋曲 | ⦁━━━━━━━━━━━━━━━━━━━

1. 莊子:〈逍遙遊〉,郭慶藩:《莊子集釋》(臺北:華正書局,1979)。

2. 游乾桂:《這一站,樂活》(臺北:時報文化,2012)。

3. 王文華:《Life 2.0:我的樂活人生》(臺北:時報文化,2007)。

4. 賴東明:《樂活人生》(臺北:九歌出版社,2006)。

5. 沈清松編:《心靈轉向》(臺北:立緒文化,2006)。

6. 艾力克多倫達諾(導演):《逆轉人生》(新北:臺聖多媒體公司,2012電影)。

7. 荻上直子(導演):《樂活俱樂部》(新北:昇龍數位科技股份有限公司,2009電影)。

(陳靜容、陳鍾琇選編)

暖暖的冬陽,懶懶的曬,小心!別踩醒了腳踏車們輕輕的夢。
(圖:劉芸攝)

五重奏「環保最樂活」選篇二：
蕭蕭〈八卦山下的自然童玩〉

‖奏鳴曲‖ •⊱————————————

身體是第一樣遊戲載體

　　童年的記憶是所有記憶中最深長的，不只是因爲它在我們的生命史中，最早所以最深長。除此之外，應該還有其他的原因，否則，一個七十、八十的老大人會忘記你剛剛跟他再三交代的話，爲什麼卻對少年時代的事原原本本記得一清二楚？是因爲那是空白紙上最早的印記，還是因爲那是最單純的生活實錄，沒有功利思想的遊戲載體？

　　遊戲，是最早也是最好的模仿學習。扮家家酒，是模仿大人居家生活的進退禮儀，學習倫理；削刻番石榴樹的枝柯，成爲完美的陀螺，不就是雕刻才藝的傳承？跳繩，何時進，何時退，不就是人生舞台上常要扮演的藝術？誰人拉，誰人跳，誰是主，誰是從，不就是政治舞台常見的戲碼？

　　千萬不可忽略，人，與生俱來的的遊戲本能，更不可忽略，遊戲所帶來的生活機能。

　　民國三○年代、四○年代，自來水、電、瓦斯，普及率不到一成的年代。可以想像，水要從井中汲取的辛苦模樣嗎？沒有電，就沒有收音機、電視、電影、電腦，那又是什麼樣的生活面貌？瓦斯不來，如何生火；不能生火，如何生活？

　　因為：那時候的路是泥巴路、碎石子路，那時候的房子是稻草屋頂、黏土牆壁、竹編門板，腳下踩的依然是堅實的泥巴地。所以，那時候的父母會有閒錢、會有餘力，為自己的孩子買玩具嗎？

　　孩子的玩具從哪裡來？

　　孩子的第一個玩具，通常是自己的身體，不用花錢，隨身攜帶，隨時可用，既可娛樂自己，又可娛樂別人。

·間奏 1·

根據「銘印效應（imprinting）」的學習應用理論，銘印只在某一特定的時期（敏感時期）發生，超過這個時期，即使重複地接受到同類型的訊息，也不會產生與銘印同樣的記憶效果。銘印不會磨滅，快速習得而且持續終身，例如父母親之於子女，銘印效應使得幼小子女對於父、母親產生記憶，追隨並模仿父母親的行為，影響範圍可長達一輩子。因此，童年的行為和記憶深深牽引著一個人日後的人格模式和價值觀。

口腔是最原始的樂器

　　鄉下沒錢人家的小孩，第一個玩具是口腔，可以哭、可以笑的口腔，玩起來隨心所欲。哭、嚎啕大哭、哭得驚天動地、哭得 Do Re Mi Fa So La Si 有了不同的腔調，就是沒人理你，因為大人都在忙農事、忙家事，可是，就在這時，孩子發現了自己可以控制聲音的大小、長短、高低，玩了起來。笑，亦然。讀到高中時，我同學已經發展出三十六種笑聲，隨時展現不同共鳴位置的不同笑聲，取悅大家。

　　口腔期玩具，時間拉得很長，我叔叔到了四、五十歲，晚飯後一定大聲吹著口哨，傳播最新的流行歌曲。今天所有我會跟著人家哼的

臺語歌曲，就是從他的口哨聲熟悉了旋律。當然，所有的鄰居小孩、子侄輩，沒有一個不是跟著學習從嘴裡發出聲音，即使零碎，還是可聽的音符。像我，可以一面保持微笑，一面吹著口哨，常讓同行的朋友一直回頭尋找：歌聲到底從哪裡來？因為，他自己肯定沒吹口哨，而我臉上保持著微笑。

模仿狗叫聲、雞叫聲、汽車聲、火車聲的口技，雖然不是每個人都維妙維肖，至少大家玩得相當愉快，你一聲，我一聲，引來不斷的笑聲。這時，突然噗叱一聲好大的放屁聲來湊熱鬧，肛門期玩具來了。常吃蕃薯的我們，肚腹肛門也是玩具，聲音要寬弘，還是尖細，Ｃ調還是降Ｅ大調，可以隨自己所在的場合作決定，只是，臭，必不可免，不過正如詩人商禽所說：「臭，那是鼻子的事。」

有病呻吟，是生活家常；無病呻吟，才是藝術高手。同理，有屁快放，是生理正常；無屁放屁，那才是遊戲高手。小時候，我們會把右手半握放在左腋下，左手用力做振翅動作，氣從右手虎口急竄而出，偽造放屁的巨大聲響，惹得女孩子捏著鼻子搧著風，直說「好臭好臭」。後來，我到學校服務，禮拜五下午例行召開行政會報，大村鄉、花壇鄉的兩位組長和我先到，坐在沙發上閒聊，這時，大村鄉的組長放了一個響屁，然後他就一直扭著屁股磨擦皮沙發，發出類似放屁的聲音，一面磨一面說：「這種聲音真像放屁。」花壇鄉的組長說：「還是第一聲比較像。」我才知道，製造放屁的聲音原來不是我們社頭人的專利。

•間奏 *2*•

依據心理學家佛洛依德（1856～1939）指出，人在嬰兒階段0-1
歲左右爲口腔期階段，靠著吸吮、咀嚼、吞嚥等動作，滿足原始
性慾的快感；若口腔期受到禁止，日後可能出現潔癖、悲觀等性
格偏差。約在1-3歲左右爲肛門期階段，靠著排泄的刺激和快感
來獲得性慾的滿足；若肛門期受到太過於嚴苛的訓練，日後可能
出現冷酷、寡斷等性格偏差。「臭，那是鼻子的事。」出自於詩
人商禽（1930～2010，本名羅顯烆）〈五官素描〉「詩組」中的
「耳」，原詩爲：「如果沒有雙手來幫忙／這實在是一種無可奈
何的存在／然則請說吧／咒罵或者讚揚／或是有人放屁／臭／是
鼻子的事。」

植物是隨手可以取得的玩具

　　身體的拍打、手指關節的扭動、夜間手影的扮演，都是我們應用
身體去扭去跳，所能取得的最大娛樂。其次，植物則是我們隨手可以
取得的另一類玩具。

　　辦家家酒（臺語叫做「扮傢伙子」）首要的工作就是「吃」，一
定要去摘一些樹葉、草葉，或者媽媽揀菜以後丟棄的菜葉，作爲我們
煮飯炒菜的道具，再去撿些瓦片、石片作爲餐具，樹枝當筷子，「小
民」一樣以食爲天。扮家家酒最有趣的是扮新娘，這時，紅花、紫
花、黃花插滿頭，要將新娘子打扮得漂漂亮亮，有時摘來姑婆芋的大
葉子當遮傘，更加氣派。如此，孩童時代「食」與「色」的天性，都
是靠著植物來粧點。

　　男孩子沒得化妝，有時自己紮一個草圈戴在頭上，有時將帶殼的

土豆輕輕一按，讓它夾住耳垂、夾住下巴，儼然是一個山大王，也自有樂趣。打起仗來，鳳凰樹的豆莢就是上等的刀劍，折斷的樹枝可以直逼敵人胸前，撿來的苦楝仔可以用彈弓彈射對方，或者藉著插在地上的竹篾片的彈力發射出去，男的勇敢在第一線作戰，女的在第二線努力撿拾敵方射過來的苦楝仔，後勤支援。這是一場植物的戰爭。戰多於爭。

另一種植物的戰爭，則是爭多於戰。那就是打陀螺（臺語叫做「拍干樂」）比賽。那個年代，沒有人賣陀螺，陀螺都是父兄或自己砍下芭樂樹的樹幹、樹枝，以柴刀刪削製作，中心位置還要嵌入鐵釘，工程浩大。我在想，會不會哪一位木雕師傅的第一刀就從這裡開始？擁有一顆陀螺，那真是莫大的喜悅與光彩。打陀螺，可以自己仔細纏索、用力抽索，讓陀螺在地上打轉，兩三個人同時丟出，看誰轉得久，這是文明的玩法。野蠻的玩法則是，上一回轉的時間最短的人，他的陀螺成為這一輪被釘打的對象。這一輪，他先抽轉陀螺，其他人則纏好陀螺的繩索，虎視眈眈，雀躍頻頻，選擇最恰當的時機，瞄準最適合的位置，狠狠以自己的陀螺釘打地上旋轉中的陀螺，將它擊倒、擊碎。這種玩法相當刺激，連旁觀的人都會熱血沸騰。有時，陀螺真的會被擊碎，通常只是被擊倒而已，也有情勢逆轉的情況，釘打人的陀螺反而受了傷。

不過，小孩子的戰爭不是為了宗教信仰，也不是為了石油，打完了，又去玩另一種遊戲，譬如，將掉下來的檳榔樹葉當拖車使用，讓幼小的弟妹或者女孩子坐在葉托上，大個子的男孩拉著葉子的一端跑，沙沙沙的聲響，揚起的灰塵，顛簸的運與動，都讓單純的心靈興奮。

八卦山腳多的是各種不同的樹：相思樹、樟樹、楓樹、木麻黃，

供應我們「取之無禁，用之不竭」的玩具。

●間奏3●

此處提及利用大自然資源製造遊戲的樂趣，每每可以有不同的變化。相較之下，現代都市文明之中的小孩，因為能夠安全遊戲的空間減少，小孩除了電腦、電視等基本娛樂配備外，女孩子每每借助整套商業化扮家家酒的塑膠製品，來體驗扮家家酒的玩法；男孩子每每只能借助玩戰鬥陀螺、遊戲王卡等動畫衍生商品，來進行精力消耗與想像力激發的活動。以上消費性商品的命運，常常是壽命短暫、喜新厭舊，造成資源過剩和浪費。

大地是學習最好的場域

八卦山腳，整整一大片彰化平原，就是我們奔馳追逐的場所。

那時的臺灣是以農立國的年代，家家種田，我們有時隨父母下田實習，有時幾個孩子聚在一起玩泥巴，好靜的人自個兒捏塑泥像，捏個爸爸、捏個媽媽，捏個布袋戲裡的南俠翻山虎、北俠小流星，一面捏一面編故事；好動的人則各自找泥土製作平底碗，碗的大小約與手掌同，做好了以後托在手上，然後快速反扣地面，藉由反扣時大氣的衝力，將碗底爆破，兩人約好，要以自己的泥土補好對方的洞，洞破得越大，顯示自己的碗底壓得又薄又平，自己的腕力快而有力，這樣的比賽倒是溫馨而有趣，反正泥土多的是，隨挖隨有，不虞匱乏，要的是勝利的滋味。何況，賽完之後，誰的泥土，不論多少，都要還諸天地，剛才計較補多補少，可愛復可笑，對於人生的得失去取，不知有誰在這麼小的時候就領悟了？

第二期稻作收成以後，田野空曠，可以丟土塊遠近為樂，可以縈

稻草人大小爲戲，可以大夥兒尋土塊、築土窯、爌蕃薯。在等待蕃薯烘熟以前，漫長的時間可以繼續土塊戰爭，可以繼續以稻草人爲戲偶，自編自演新的武俠戲。大地一直不會拒絕孩子的笑聲。

或者，回到稻埕、回到厝角邊，以瓦片畫南北向的長方形，再疊上東西向的長方形，你用磚塊當「子」，我以石頭當「子」，下起「直棋」來。有時畫個圓形「西瓜棋」，各以六子攻守，可以一步一步走，也可以相約隨時飛翔，趣味自有不同。下完棋，用腳擦擦土地，磚塊、石頭、草葉也一樣回到大地，大地無損無傷，我們卻在這樣的歡樂中成長。

•間奏 *4*•

南俠翻山虎、北俠小流星，爲50年代南投新世界掌中戲招牌劇《南俠翻山虎》的兩位要角，北俠爲南俠之子，南俠的造型模仿美國西部牛仔「荒野大鏢客」的快鎗俠造型，創下布袋戲唱片出版的最高紀錄。爌土窯，是臺灣鄉間於冬季土地休耕、恢復地力時的田間活動，利用乾燥的土塊爲建材，搭建出符合力學平衡的窯洞，中間燒柴火，再利用燜燒的原理，讓食物熟透，散發出土壤香氣與燒烤味，風味獨特。跳房子（hopscotch），又叫跳格子、跳飛機，遠從1677年羅馬帝國時代即有，用於士兵體能訓練上，後經改良演變成一項國際性的兒童遊戲，多數爲女生團體之間的遊戲，可鍛鍊腿部力量，以及整個身體的協調和控制力。

一條繩子・一堆廢物・一樣神奇

孩子是具有巧思的。家裡的廢物可能成爲我們神奇的玩具，一條繩索可以有多種玩法。先說神奇的繩子吧！

　　一條繩子，我們可以自己揮動，由後而前，或由前而後，供自己兩腳齊跳、單腳獨跳、雙腳交互跳、跑步跳，這樣的組合變化已經夠讓人炫目了。還可以單手拿著繩索的兩頭，與大地平行逆時鐘方向揮動，繩子靠近時，兩腳跳躍過去，不停揮動不停跳躍，這是最累人的一種兼有運動效能的遊戲。

　　多人玩繩索，變化更多，最簡單的是一人站中間等候，兩人各執一端準備揮動，繩子揮過頭頂再落地時，中間的人同時起跳，如此反覆計數。高明的人不會站在中間等候，他是算準繩子落地的那一瞬間衝入起跳，瀟灑漂亮的英姿惹人讚賞。有時兩人一起衝入，整齊劃一，優雅美妙。

　　還有更優雅美妙的，揮繩的人左右各一繩，交互揮動，跳繩的人要在一起一落之間介入、跳躍，適時躍出，贏得許多的掌聲。我覺得這已經是一種舞蹈的基礎訓練了，笨手笨腳的我，在這種跳繩遊戲中，通常是在旁邊用力鼓掌，衷心讚嘆的那人。

　　繩子除了可以供人跳躍之外，還有別的玩法。兩人各執繩索一端，分立兩旁，中間放著一塊石頭，猜拳贏的人先把繩子拋向空中抖出一個環來，要讓那個環剛好圈住石頭，慢慢攏近石頭，再猛一拉，將石頭拉到腳邊就勝了這場比賽，如果無法達成，就換對手拋繩、拉石，一來一往，有時勾住，有時落空，趣味自在其中。

　　延續到今天仍在玩的繩子遊戲，則是繩子繞過兩人的左腰拉在右手上，立地站穩，比比手力和智巧，誰能使對方移動腳步，誰就贏了。我住在員林那位姓張的健壯同學，一直是拉繩遊戲中的泰山。

　　至於廢物變神奇，就男孩而言，是滾鐵環（臺語是「輪鐵箍」）遊戲的那一圈鐵環，那鐵環通常是用來捆栓水桶、尿桶、糞桶用的，當桶子壞了，上下兩圈鐵環就是我們最好的玩具，我們再製作一個

「凵」字型的推桿，推著鐵環、滾著鐵環，天涯海角浪跡而去。

女孩子則喜歡以媽媽剩下的布料縫製小沙包，製成五個就可以開始玩了，拋一個在空中，趕緊放下四個再接空中那一個，然後是拋一個抓一個在手上，陸續完成後，又回到第一個動作，再換成拋一個抓兩個在手上，或者反過來，拋一次放一個，有時還配著歌謠做動作：「一放雞，二放鴨；三分開，四相疊；五搭胸，六拍手；七圍牆，八摸鼻；九咬耳，十拾起。」手巧的女孩，縫製的沙包精緻，拋接的動作俐落，歌聲又好聽，讓人入迷。

•間奏 5•

> 跳繩、滾鐵環、丟沙包在過去都是孩子們自然而然玩起來的遊戲，所花費的成本極少，一直陪伴著孩子的童年。但現今小學裡把這些項目當成體育課練習的內容，還可以課外辦理相關的研習營來體驗，雖是相同玩法，卻是兩樣情。

文字，奧秘的玩具，激盪腦力

識字以後，讓我入迷的是文字的變幻。

未上小學以前，爸爸就拿著磚塊、石頭、樹枝，在大地上教我習字、認字，我也有模有樣拿著磚塊、石頭、樹枝在大地上刻畫。我喜歡那些橫筆、豎畫、一撇、一捺的增減。

歐陽脩的母親以荻畫地教歐陽脩識字，使他成為宋朝重要的文學大師。八卦山腳有多少像我爸爸這樣的父親，拿著磚塊、石頭、樹枝，在大地上教孩子認字，他們會教出多少文學大師？

中學以後，我喜歡文字的猜謎、對仗、押韻、重組，甚至於要從文字的筆畫間探悉人間的情義，測知人生的道理；要從文字的組合裡

訴說心中的情義，布達生命的眞諦。

文字是我童年最後的玩具，一直執迷地玩到今天，猶無歇息之意。它不像鐵環，只能滾到田中、二水，它可以翻滾到漢字通行的世界各地，甚至於翻滾到人的內心深處，歷史轉折的那一點奧祕，猶不歇息。

·間奏 6·

由於作者所有童年該體驗的田間樂趣都已得到充分地發展，毫無遺憾，當長大後，開始進入抽象思考的階段，便在文字天地中得以盡情發揮，一來左右腦均衡開發，二來有足夠的題材可供創作，所以文字是作者一輩子的玩具。

——本文選自蕭蕭：《放一座山在心中》（臺北：九歌出版社，2006）。

用預備丟掉的物品，裁剪出一幅神奇的藝術品，這是屬於我的童眞幻想！（圖：潘坤松）

▌▎ 主旋律 ▏ ∘━━━━━

　　蕭蕭（1947～），本名蕭水順，彰化縣社頭鄉人，輔仁大學中文系畢業，臺灣師範大學國文研究所碩士。曾任中學教職32年、明道大學中文系系主任、通識中心主任，現為明道大學講座教授兼人文學院院長。曾獲《創世紀》創刊二十週年詩評論獎，第一屆青年文學獎，新聞局金鼎獎（著作獎）、五四獎（編輯獎）、新詩協會詩教獎等。

　　蕭蕭為中學生編寫過許多作文教學與語文的教材《臺灣現代文選‧散文卷》近三十種，其作品〈父王〉是高中國文課本中最受歡迎的篇章之一，他也編寫過關於新詩教學與評論的書籍，例如《臺灣新詩美學》、《現代新詩美學》、《後現代新詩美學》等五十餘種。蕭蕭個人的創作詩集與散文集，例如《凝神》、《父王扁擔來時路》、《放一座山在心中》等。迄今出版著作已高達123本。在明道大學，蕭蕭自2008年起連續為彰化縣策劃推動「濁水溪詩歌節」，並於2011年為嘉義市策畫辦理「桃城詩歌節」，2012年為福建閩南師範大學策畫推動「漳州詩歌節」，讓詩歌活動立足於臺灣中部，跨越臺灣海峽，向外發揚到華人圈。

　　蕭蕭捐贈兩萬冊學術研究及文學理論的書，予任教十年的明道大學，並親自規畫設計討論室，成立「詩學研究中心」，提供大學生及研究生在文學研究上有豐富資源，及討論研究的專屬空間。同時為回饋鄉里照顧偏鄉的學子，將3000多冊童書及文學書捐贈與其家鄉彰化社頭鄉朝興國小，並成立「蕭蕭工作室」，以其知名代表詩作〈阮老父〉結合書畫藝術，題為壁詩，讓學子浸染在文學的氛圍中，無私地與社區的民眾分享，希望藉由閱讀的開啓，帶給後生晚輩成長的階梯。

　　本文選自2006年《放一座山在心中》，蕭蕭返回彰化縣社頭鄉後，寫出對土地、家鄉、親人、朋友的情懷，此書並入選為「2010彰化之書」活動。本文是作者回憶小時候如何親近土地，利用大自然的資源，因而產生一件又一件的童玩。在遊戲的過程中，身體機能獲得訓練，思考和創造力得到發揮，從今天的角度看來，是一種綠能、有機、健康的最佳實踐。

▌協奏曲 ｜ ∵━━━━━━

　　自然童玩除了環保之外，還讓人更為親近大自然，並激發人的想像力、創造力。處在現今的都市叢林中，已經很難接觸到真正的大自然，且因為物資過剩而造成的資源浪費，反而日漸嚴重，甚至造成溫室效應。請同學靜下心來，仔細檢視，自己的日常生活中是不是常有一些物資看似無用，但其實是可以轉換形式，重新給予它生命和活力的可能性？讓我們一起腦力激盪，發揮巧思，把環保概念融入生活之中，成為一件再自然不過的生活事務。

【環保愛自然──珍惜身邊每一物】學習單	
【步驟一】 請大家利用身旁欲丟棄的物品（如：牙籤、吸管、塑膠袋……等），將它們復活再利用，成為一項可以再使用或賞玩的物品吧！	【物品名稱】
	【所需材料】
	【製作方法】
【步驟二】 請說明這項物品的特色和功用。 幫這項再製的產品拍張宣傳照，為它想幾句有創意的廣告標語，讓人感受到環保的創意無所不在。	【廣告的發想】
	【廣告的主要標語】

▌|迴旋曲| ·:·

1. 西雅圖酋長（Chief Seattle）著、孟祥森譯：《西雅圖的天空——印第安酋長的心靈宣言》（臺北：雙月書屋公司，1998）。
2. 亞榮隆‧撒可努：《山豬‧飛鼠‧撒可努》（臺北：耶魯國際文化公司，2011）。
3. 盧明寬（繪圖）：《山豬‧飛鼠‧撒可努》（臺北：弘恩文化公司，2011動畫）。
4. 亨利‧大衛‧梭羅（Henry David Thoreau）著、許崇信、林本椿譯：《湖濱散記》（臺北：英屬維京群島商高寶國際公司，2013）。
5. 黃室淨、洪雯麗（導演）、陳文茜（編劇）：《±2℃》（臺北：文茜的世界周報團隊，2010臺灣紀錄片）。

（王惠鈴選編）

尊重自然界各種生物的存在，互利共生，萬物生機蓬勃，
才不會演變成一個「寂靜的春天」。（圖：潘坤松）

私の筆記書

❧ 緣 起 ❧

　　《私の筆記書》是明道大學「國文一點靈」課程學生作品手工書的個人成果。明道大學於102學年度執行教育部「全校性閱讀書寫課程推動與革新計畫」之「樂活探索與生命關懷」計畫的關係，成立了一支五人教學教師、三人教學助理（TA）的團隊，編寫了全新的教材《文學與生命的五重奏》做為上課專用課本，而這本筆記書就是從上課專用課本的十篇文章後的協奏曲」（即學習單、教學活動、習作）摘錄出來，設計較為適合書寫習作的表格與練習區，而編輯成這本《私の筆記書》的模型。

　　《私の筆記書》是上課同學把自己這一學期來關於這門課上課或課餘所作的相關練習，集結成一本專屬於自己的手工書。書的封面和背面已經預留許多空間讓同學自行加工美編，內頁的筆記紙可供學習單額外補充作答、授課老師另外指派作業、同學自行書寫繪畫心情札記使用。期待在老師、教學助理（TA）和同學三方積極合作之下，可以打開心門，讓學習成為生活的一部分。學期結束時這本筆記書將統一辦理成果展，為同學的大學學習成果留下值得紀念的扉頁！！！

明道大學「國文一點靈」閱讀書寫課程教材編寫團隊

2015.1.20

目　錄

獨奏「我思故我在」選篇一：
屈原〈橘頌〉

人一生中，認定自己的方向，矢志不移，才能真正彩繪出屬於自己獨一無二的生命風景。不要期待人生是一帆風順，首先要了解自我的特質，其次又該了解社會的是非明暗，如何身處在社會環境的汙流而不輕易妥協；最後還要用勇氣與智慧抗衡一切壓力。倘若，能夠在種種不順遂的環境中鍛鍊意志、修養德行，生命本質就能昇華。

請同學一起來問問自己吧！我的特質與志向是什麼？人生旅途中，我會採用什麼態度面對困境？我想創造出什麼樣的美麗人生？

【問問自己】學習單		
日期：2月28日	姓名：小羅盤	學號：123456

一、 我的特質與志向？	在日常生活中，我遵守著儒家傳統的道德標準，例如重然諾、守禮義……。常常有人說我「太古板」，或「乖乖牌」。但我喜歡自己這種憨厚的特質，並高興一輩子維持這樣的自己。如果可以，真想將自己樸實的特質，感染給周遭的人，這便是我一生的志向！
二、 我面對困境的態度？	面對種種困境，我會以反省的態度檢討自己。同時，我擁有勇敢的個性，更不怕別人指責、羞辱，努力把不順遂的事情改善。就算實行的過程中，不受別人鼓勵、看好，但我一定可以堅定的勇往直前。就像歌手林強唱的〈向前走〉：「我欲來去臺北打拚，聽人講啥物好康的攏在那。朋友笑我是愛做暝夢的憨子，不管如何路是自己走。OH！再會吧！OH！啥物攏不驚。OH！再會吧！OH！向前行～」這就我──小羅盤！。
三、 我為自己的美麗人生畫的藍圖？（可用手繪方式來呈現）	有一句話說：「有夢最美，希望相隨。」未來我將參加公職考試，成為一名盡職的公務人員。因為，我熱愛服務他人，主持正義。期待自己早日能夠為民服務，這是未來美麗人生的藍圖。現在，我正朝自己彩繪的藍圖向前走了！
☺老師/TA 的內心話	你憨厚的特質，是現今社會上最需要的。又提到可以將這樣的你，感染給自己周遭的人，真的太棒了。另外，你還是一位有智慧、很優秀的青年，從你以勇敢的態度面對困境，以及想當一位稱職的公務人員做為未來人生目標，讓人不得不為你鼓掌！

【問問自己】學習單		
日期：	姓名：	學號：

一、 我的特質與志向？	
二、 我面對困境的態度？	

	【問問自己】學習單
三、 我為自己的美麗人生畫的藍圖？（可用手繪方式來呈現）	
☺老師/TA 的內心話	

獨奏「我思故我在」選篇二：
幾米〈夾縫人〉

　　每個人歷經成長、求學等過程，最終都必須走入職場。求職的過程中，我們往往需要透過履歷表作為投石問路的第一步，進而透過履歷表來尋求一份安身立命的工作。

　　讀完幾米《履歷表‧夾縫人》後，這篇極具個人色彩的履歷表讓我們略見幾米這個人的人格特質與處事態度；或許我們也可以嘗試構思著：如何撰寫一篇讓別人認識自己的履歷表？

　　請同學們發揮想像力與創造力，透過各種圖文整合等方式，編撰一則契合個人特質的履歷表。

【創意履歷表】學習單

職　　業	求知者	
姓　　名	海大棉	
年　　齡	19	
星座/血型	雙子座/O型	

(自我簡介)

　　在人生的階段中，我不斷地在求知、學習、認識、觀察我所在的環境知識。在家中，學習生活的知識，看著母親煮飯，做著各式各樣的家事。長大些，便學著幫忙做，自然而然，我明白的事就更多。到了學校，更是求知的好地方，更多我沒接觸過的。在學校中學習到不同知識的領域。到了現在，我還是不斷地在追求知識和認識我所不知的事物。

(我之最) 最大的夢想、最開心的事、最難過的事、最喜歡的事等等，愈多愈好！

　　最大的夢想，從小到現在，我的夢想是一直在改變。但是到了現在，我的夢想是，我有最愛我的家人和最挺我的朋友，只要他們的微笑。

　　最開心的事，是自己規劃好事情，又能把它完成，例如旅行。

　　最難過的事，是自己未達到自己的目標和父母的期許。

　　最喜歡的事，能夠做自己，活出自己，或是拍下一張美麗的相片，珍藏我最愛的風景。

附　　註	學習是一種習慣；習慣也是種學習。
☺老師/TA 的內心話	**求學若渴‧求知若飢。加油！**

【創意履歷表】學習單		
職　　業		（自畫像）
姓　　名		
年　　齡		
星座/血型		

（自我簡介）

【*創意履歷表*】學習單

（我之最） 最大的夢想、最開心的事、最難過的事、最喜歡的事等等，愈多愈好！

附　　註	
☺老師/TA 的內心話	

二重奏「病痛拉警報」選篇一：
周大觀〈我還有一隻腳〉

　　周大觀小弟弟雖然只活了 10 歲，但是他看似短暫的生命，卻活得燦爛精彩。他不但勇於面對病魔，更清晰表達「還有一隻腳」可以實現的願望。大觀的生命態度，確實是我們該學習的典範。

　　同學們上學期曾書寫「自我療癒祈願文」學習單，透過「信念覺察」和「宣告接納」兩步驟，與內在自我簡單溝通。進入下學期，這份溝通必須達「進階級」了！因此，請同學想像自己是一位實習醫師，第一位診視的病患便是「我自己」，開始用聽診器檢查自身，並且用清楚切實的字眼，寫下屬於自己的「病歷記錄表」。

【病歷記錄表】學習單

科　別：**中文系**　　　病歷號碼：　**20150303**　　　類別：☑初診　☐複診

病 患 基 本 資 料

☺姓　　名：**小茹**　　　　　　☺身分證字號：N222222222

☺生　　日：88.8.8　　　　　　☺年　　齡：　18　歲

☺身　　高：160　　　　　　　　☺體　　重：**秘密**

☺血　　型：B　　　　　　　　　☺性　　別：☐男　■女

☺住　　址：**光明大道**　　　　☺聯絡電話/手機：

☺電子信箱：happy@yahoo.com.tw

病 徵

時常忘東忘西，少根筋似的，不知道自己到底能為別人做些什麼事，總覺得都是別人幫我完成事情，而自己只是默默的在一旁不知所措，像個孩子一樣，到處惹麻煩。

致病可能因素

或許是因為小時候，總是一有事情就急忙的找姊姊幫忙，而沒有自我學習到如何自己處理自己的事情，沒有面對問題的勇氣。

治療處方

多多靠自己解決問題，可以請教別人，但自己要先把問題想過一遍，真的不行再請他人幫助，先依靠自己，先相信自己。

指導醫師核批	小茹缺乏的一份安全感，與自信心，若能化被動為主動，此病即能痊癒！

【病歷記錄表】學習單

科　別：＿＿＿＿＿＿　　病歷號碼：＿＿＿＿＿＿＿　　類別：☑初診　□複診

病 患 基 本 資 料

☺姓　　名：　　　　　　　　☺身分證字號：

☺生　　日：　　　　　　　　☺年　　齡：　　　　歲

☺身　　高：　　　　　　　　☺體　　重：

☺血　　型：　　　　　　　　☺性　　別：□男　　□女

☺住　　址：　　　　　　　　☺聯絡電話/手機：

☺電子信箱：

病 徵

致病可能因素

治療處方

| 指導醫師

核批 | |

一起向世界活出心中的那份愛……

二重奏「病痛拉警報」選篇二：
江自得〈癌症病房〉

　　人的一生當中難免都會遭遇到病痛的困擾。這些病痛或許是生理上長久的疾病，或許是心理上憂鬱不解的情緒，甚至還可以延伸至日常生活中所受到的種種挫折或不愉快而產生的身心不協調。然而，這些令你生命感到不舒服的病痛，表面上看來似乎是一件避之唯恐不及的壞事；但換個角度想，它或許也是個令人意想不到的轉機，可能為你開啟一扇意想不到的明亮窗子，為你的生命帶來不一樣的風景。

　　請回憶在你的生命中所曾遭遇到的病痛，思考它給你生命中帶來的功課是什麼？你又學習到了什麼？並為此寫下一段感謝的話。

【那些年，病痛教我的事】學習單

日期：3月24日	姓名：叫我潤餅啦！	學號：003355

病痛帶給我的功課	我在國中時，因為功課壓力過大而逃學了一年多的時間。由於這個事件，我在國中，甚至到高中時期，是個相當沒有自信以及自卑的人。當時我在班級上，永遠都不敢和任何人講話，任何報告和表演，永遠是假裝生病請假來逃避。也因為這個原因，我在班上被同班的同學所輕視，甚至排擠，認為我什麼事都不會做，讓我的心裡更加自卑。
我的學習心得	到了大學時，我深深認為這種狀況再持續下去是不行的。於是我努力的想要改變，並付諸行動實行。我開始嘗試和同學交談，主動向老師請教，爭取上臺報告的機會，並參加系上舉辦的各種的活動來開闊眼界。到了現在，我已經擔任過許多幹部，協助過許多活動，學習到了規劃活動的能力，也交到了許多朋友，贏得師長的信賴。因為這些努力，我已經不再是以前什麼都不會的人，現在我可以承擔更多的責任，也更有自信，上臺講話十分自然，不再畏畏縮縮。
我的感謝	這一切都要感謝我以前的那段時光！感謝當時同學的輕視，讓我知道跌到谷底的滋味，刺激我奮發向上；感謝當時同學的排擠，讓我明白互助與信賴的可貴，盡力爭取服務他人的機會；因此才能進步得如此之快。而且這些進步，也讓我領悟：人的潛力是無限的，只要肯做，沒有任何事做不到，讓我更有抗壓力。這段時光成為我生命中寶貴的養分，讓我更加成長茁壯！
☺老師/TA 的內心話	**因為生命有了裂隙，光才能透進來！病痛就是生命中的裂隙，而那光，就是我們應該學習到的收穫。多慶幸這條裂隙開啟你這麼多，讓人記起那句老話：患難生忍耐，忍耐生老練，老練生盼望，盼望不至於羞恥！**

【那些年，病痛教我的事】學習單		
日期：	姓名：	學號：
病痛帶給我的功課		
我的學習心得		

	【那些年，病痛教我的事】學習單
我的感謝	
☺老師/TA 的內心話	

三重奏「男女囧很大」選篇一：
蒲松齡〈嬰寧〉

　　嬰寧是位與眾不同的女子，與傳統習見的端莊賢淑的女性形象判然有別，讓作者「異史氏」深深為之擊節歎賞！在生活之中，我們也常會遇到像這樣與刻板印象截然不同的性別角色，他或她，雖則與一般同性的言行舉止有異，時而令人哭笑不得，卻也表現如同嬰寧一樣毫無作態的純然本色，有著值得我們欣賞的可愛之處。

　　請以「不一樣的他／她」為題，舉一位你曾經相識，或是在影視中看過，印象深刻的男性或女性，素描他／她的獨特形象，以及你在其身上發現的令人絕倒的故事，並模仿「異史氏曰」的方式為他／她的為人特質下一段評語。文中不必寫其名，以「他」或「她」作為主詞敘述即可。

【不一樣的他／她】學習單		
日期：4月10日	姓名：林大元	學號：7654321

他／她的形象	帶著眼鏡，嘴巴旁常有白色的乾皮，有一點書生氣質的小男孩，總是處於狀況外，講話極難讓人了解他的明白，優柔寡斷、婦人之仁。Always 可以在兩句話內讓人想揍他；但認真負責，勤勉少偷懶，心地善良。嗯，反應極慢。	
他／她的故事	回溯至大一剛入住宿舍的時候，我也是個稚嫩的小大一。當時已有一個室友報到完畢，而我正組裝電腦，門口走進了一個中年人和一個少年。我正想應該是新室友吧？剎那間！中年人仰天45°，眼神遙望遠方，開啟了長達了 10min 的演說，時不時地交雜著：「我的兒子好啊！」「我的兒子善良阿！」我不知道一般人對一個中年男子向自己極力推銷自己的兒子是有什麼反應，但他的父母走了之後，我足足笑了 5min…	
異史氏日	善哉！善哉！在人生中，可以遇見一個這麼奇妙的家庭也是一種好事吧！雖在和他相處的過程十分艱辛，但總體來說也是一種有趣的事，有多少奇妙的事，因他而出現在我的生命～！真的是謝謝他＝）	
☺老師/TA的內心話	**有朋自遠方來，不亦樂乎？人生相逢就是有緣，每一次相遇，都是奇妙的恩典！珍惜生命中的每一次交會！**	

【不一樣的他／她】學習單		
日期：	姓名：	學號：
他／她的形象		

	【不一樣的他／她】學習單
他／她的故事	
異史氏曰	
☺老師/TA的內心話	

三重奏「男女囝很大」選篇二：
李志薔〈15號出入口〉

　　閱讀完李志薔《15號出入口》，感覺到那一段淒美而苦澀的故事，在光影的交錯、氣味與觸擊的激發之下，文中老趙的記憶一幕幕的閃過。

　　請同學們仔細回想從前的生活中是否也有這樣的場景：多年之後，事過境遷，再一次回到某一個特殊的地方，突然之間記憶如走馬燈一幕幕的閃過。

　　請於下列表格中，以四格漫畫的方式，將圖像及對白，以創意書寫的風格表達出來。

【時光四格：教我如何不想她】學習單

日期：4月24日	姓名：北斗肉圓	學號：301301

☺老師/TA 的內心話	哈哈，畫功細膩傳神！這大概是每個人陷於愛情，最可愛的煩惱吧！

【時光四格： 　　　　　　　　】學習單		
日期：	姓名：	學號：

☺老師/TA 的內心話	

一起向世界活出心中的那份愛⋯⋯

四重奏「溫暖關懷心」選篇一：
韓愈〈圬者王承福傳〉

你是否曾經關注過身邊的
小人物？或許是踽踽獨行、身形
佝僂的拾荒老婦，她滿面的皺紋
寫著多少滄桑的歷史；或許是眼
神害羞、語言不通的外籍勞工，
努力比手畫腳嘗試表達他的心
意；或許是深夜徘迴路邊、滿身
酒味的流浪街友，不在意旁人眼
光倒頭睡在垃圾堆前，表達對社
會無言的抗議；或者，在蠕蠕蠢
動的眾生中那一個毫無特色、卑
微渺小的某人，從不曾引起別人

的注意，透明而蒼白的活著的他、或者她……。每一個人物都有屬於自己的故事，
每一個生命都有存在的絕對價值。請你用敏銳的眼光、溫暖的心意，為身邊的小
人物撰寫傳記，進行一場文學的素描吧！

【小人物大素描】學習單

日期：5月7日	姓名：生命旅客	學號：520520

人物圖像	(請用文字搭配圖畫，為這位小人物的外在形象進行素描) 　　她有著滿頭捲捲的白髮，非常瘦小，經常駝著 45 度的背緩慢地走在我回家必經的那條小路上。她滿臉皺紋，眼睛瞇瞇的、嘴巴癟癟的，而且兩片嘴唇經常蠕動著，似乎在喃喃自語著什麼。她手上經常拿著一條細線，時而抬頭望向遠方，時而低頭看看手上的線，因為如此，她總是沒注意到身邊來來往往的車輛。當我第一次騎車經過她身邊的時候，我嚇了一大跳，因為好危險啊！

對話交流	(請化身為小小記者，為他進行採訪，並簡述內容) 　　有一次，我實在忍不住了，於是跟她說：「老婆婆，您要小心一點啊！好危險呢！您在這裡做什麼？」沒想到，她一抬頭，空洞的眼神突然發出閃爍的光芒，她高興地咧開嘴巴，說：「阿玲啊！妳總算是回來了！吃飯了沒？唉喲！天氣變冷了，妳怎麼穿這麼少？來來來！阿母剛剛補好妳的衫，拿去穿啦！」她劈哩啪啦地說了一大堆，完全無視於我的驚訝。 　　有一個男人從屋裡衝了出來，趕緊把她拉到一旁去，溫柔地和她低聲說話著，那老婆婆說的話漸漸小聲，漸漸低下了頭、漸漸閉上了嘴，不再說話，慢慢走進屋裡。那個中年男子轉過身來，跟我說一段她妹妹離家出走、她媽媽從此精神不穩定的故事……

心靈迴響	(請簡述自己聽完小人物故事之後的心得感想) 　　聽完故事之後，我慢慢地騎車回家，原來，我們認為一天到晚囉嗦的老人家，內心藏著多少溫柔的關懷，她們將關懷化為一句句的叮嚀，而我們從來視而不見，只當作是惱人的耳邊風！我一回到家，又想到那位老婆婆佝僂的身影，於是拿起了電話，撥打回家……

☺老師/TA 的內心話	**能抓住老婆婆外在形象的特點，進而勾勒老婆婆的神韻，最後反思己身，化作行動力，完成一趟生命的交會與激盪。用心發現並體會生活中的美好與感動，累積「小確幸」，匯聚成「大確幸」。**

【小人物大素描】學習單		
日期：	姓名：	學號：

	（請用文字搭配圖畫，為這位小人物的外在形象進行素描）
人物圖像	

	【小人物大素描】學習單
對話交流	（請化身為小小記者，為他進行採訪，並簡述內容）
心靈迴響	（請簡述自己聽完小人物故事之後的心得感想）
☺老師/TA 的內心話	

四重奏「溫暖關懷心」選篇二：
莫那能〈鐘聲響起時－給受難的山地雛妓姊妹們〉

　　所謂「人間自有溫情在」，我們從小到大，在生活周遭曾遇到需要我們伸出援手的時候，例如：在車水馬龍的車陣中，幫助老弱過馬路；協助急症的同學上醫院就診。或是反過來，自己是接受別人溫暖的人，例如：遇到急難時，來自同學生活上的協助等。

　　請同學回想一下，這些溫暖的施與受是何等美好的人生體驗！當我們伸出溫暖的雙手，不僅讓我們感受到「施比受更為有福」，同樣的，當我們接受這雙來自人情溫暖的手，更讓人感受到有如火炬的溫情，以及一股向上提昇而重新站起的力量。

　　本作業主題是「溫暖的施與受」，請同學寫出自己對別人伸出援手的經驗；以及自己曾接受別人幫助的經歷，完成這份溫暖與關懷的心情故事。

【溫暖的施與受】學習單		
日期：5月15日	姓名：愛助人	學號：747747

【步驟一】 請寫出自己幫助別人的經驗與心情故事。 （請將事發經過詳述而出）	記得從小家裡、教會、學校，都教過我要去幫助需要幫助的人，因為施比受更有福！在我國中的時候，學校裡設立愛校班，就是讓那些身心障礙的同學可以學習的地方；但往往大家都會以異樣的眼光去看他們。有一次一個坐輪椅行動不便的同學被一群行動正常的同學欺負。當時，我二話不說馬上去請訓導組長來協助。也因為我的小小舉動，讓那位行動不便的同學從此跟我做了好朋友！
【步驟二】 請寫出自己接受別人幫助的經歷與心情故事。 （請將事發經過詳述而出）	在大學剛大一的時候，跟大家還不是很熟，又剛好我是要收明道講座心得的組長，所以一次收就要收 40～50 本的心得本。但我生來矮小又瘦弱，又不敢請其他同學幫忙；因為一方面不熟，另一方面不好意思。這時突然有一個長得高高壯壯的男同學主動幫我搬心得本。我原本想一人搬一半，他卻說都給他搬。覺得被幫助真的很開心，然後，也會想去幫助其他需要被幫助的人。
☺老師/TA的內心話	愛的循環就是那麼美妙！幫助別人的，並不以為是付出，而是一種回報；接受幫助的，並不以為是虧欠，而是一種交託。人間的溫暖就是這樣生生不息！

【溫暖的施與受】學習單		
日期：	姓名：	學號：

【步驟一】 請寫出自己幫助別人的經驗與心情故事。 （請將事發經過詳述而出）	

	【溫暖的施與受】學習單
【步驟二】 請寫出自己接受別人幫助的經歷與心情故事。 （請將事發經過詳述而出）	
☺老師/TA 的內心話	

五重奏「環保最樂活」選篇一：
程顥〈秋日偶成〉

現代生活雖然便利，但是壓力很大、痛苦很多。在持續前進的過程裡，你是否忘了善待自己、善待周遭環境？要想「樂活」，就要先懂得善待環境，維持大環境的和諧；同時，要能夠善待自己，做好內在的心靈環保，維持自我存在的和諧，理解怎樣

使用自己的專長，生命才不會只有消耗而導致貧乏。「樂活族」注重環保與健康，追求「快樂簡單，用心生活」，重視身心靈的光合作用，生命自然而然樂活自在！

身體需要保養，心靈和情緒也需要保養，為自己設計一本「樂活存摺」吧！仔細記錄一天或一週的日常生活與思維；負面情緒與行為都屬於「消耗」；正面意念如：快樂、自信、平靜、滿足，或自我反省、戶外運動等都歸入在「提升」。觀察一下，你的樂活存摺裡是消耗多？還是提升多？每一種提升都可以＋1分，多一種消耗則－1分。鼓勵大家利用存取的方式來轉念思考，讓自己也成為「樂活」一族吧！

【樂活存摺】學習單				
班級：快樂生活		姓名：有概念	學號：*123321*	
日期	摘要		消耗	提升
6/1（一）	1.蹺課 2.快樂上英文課		−1	+1
6/2（二）	1.運動打羽球 2.戲弄同學，導致同學生氣 3.反省今天犯的錯		−1	+1 +1
6/3（三）	1.泡奶茶給同學喝，同學很開心，我也很開心 2.為參與大專盃球賽球員加油打氣，贏了球賽 　很開心			+1 +1
6/4（四）	1.協助系上活動，很有成就感			+1
6/5（五）	1.和很久不見的朋友聚餐 2.忘了下禮拜要考試，不夠用心		−1	+1
6/6（六）	1.回家幫媽媽做家事 2.照顧小動物			+1 +1
6/7（日）	1.認真複習功課、寫報告			+1
結算			−3	+10
☺老師/TA 的內心話	這一星期，你為自己存入了 10 種正向能量，非常不錯；可惜也因負面情緒或行為抵消了 3 分。仔細反省，為什麼會有負面消耗的發生？面對這些負面情緒時，有沒有轉念思考的可能？常常自我檢視，為自己做好心靈環保，就能越來越樂活開心！			

【**樂活存摺**】學習單				
班級：		姓名：	學號：	
日期	摘要		消耗	提升
☺老師/TA 的內心話				

一起向世界活出心中的那份愛……

五重奏「環保最樂活」選篇二：
蕭蕭〈八卦山下的自然童玩〉

自然童玩除了環保之外，還讓人更為親近大自然，並激發人的想像力、創造

力。處在現今的都市叢林中，已經很難接觸到真正的大自然，且因為物資過剩而造成的資源浪費，反而日漸嚴重，甚至造成溫室效應。

請同學靜下心來，仔細檢視，自己的日常生活中是不是常有一些物資看似無用，但其實是可以轉換形式，重新給予

它生命和活力的可能性？讓我們一起腦力激盪，發揮巧思，把環保概念融入生活

之中，成為一件再自然不過的生活事務。

【環保愛自然：珍惜身邊每一物】學習單

日期：6月11日 組別：第 1 組	組員姓名：林明、張道、劉大、何學、蘇真、王讚

【步驟一】 請大家利用身旁欲丟棄的物品（如：牙籤、吸管、塑膠袋⋯⋯等），將它們復活再利用，成為一項可以再使用或賞玩的物品吧！	【物品名稱】 *Recycled Lamp* 【所需材料】 廢棄燈籠、廣告紙、LED燈泡、保麗龍膠、玻璃紙、鋁箔包、電線	

【製作方法】
步驟一：先找出一個廢棄燈籠。
步驟二：再利用廣告紙摺出(東西南北)摺紙。
步驟三：再將摺紙黏貼在燈籠的外圍。
步驟四：最後再用玻璃紙黏貼在鋁箔包上，放入廢棄燈籠裡，就能照射出各種不同的顏色了。

【步驟二】 請說明這項物品的特色和功用。幫這項再製的產品拍張宣傳照，為它想幾句有創意的廣告標語，讓人感受到環保的創意無所不在。	【物品介紹】 　　經由基礎藝術設計課，設計出一盞「*Recycple Lamp*」，使用廣告紙且利用摺紙的方式，襯托出整體燈飾的美感，使用了彩繪燈籠做為主要材料，並且結合了回收廣告紙做為裝飾，點綴了燈飾效果。以「永續環保」做為設計理念，使用廣告紙且利用摺紙的方式設計出一件與眾不同的燈飾，並且襯托出整體燈飾的價值。
	【廣告標語】 我的心燈，你的光明！

☺老師/TA 的內心話	**以廢紙作素材，發揮摺紙的巧思，將普通的燈籠裝點得玲瓏可愛，化腐朽為神奇，實在太有創意了！標語也讓人眼睛一亮！**

【環保愛自然：珍惜身邊每一物】學習單		
日期： 組別：第　　　組	組員姓名：	
【步驟一】 請大家利用身旁欲丟棄的物品（如：牙籤、吸管、塑膠袋……等），將它們復活再利用，成為一項可以再使用或賞玩的物品吧！	【物品名稱】 【所需材料】 【製作方法】	

	【環保愛自然：珍惜身邊每一物】學習單
【步驟二】 請說明這項物品的特色和功用。幫這項再製的產品拍張宣傳照，為它想幾句有創意的廣告標語，讓人感受到環保的創意無所不在。	**【物品介紹】**
	【廣告標語】
☺老師/TA 的內心話	

編輯人員簡介 （明道大學的部分）

主編：
    閱讀書寫課程教材編寫團隊

編輯團隊教師群： （按姓名筆畫順序排列）
    王惠鈴、兵界勇、李佳蓮、陳鍾琇、陳靜容、
    陳憲仁、廖憶榕、謝瑞隆、薛雅文

顧問：
    蕭水順（蕭蕭）、羅文玲

封面設計：
    謝穎怡、廖憶榕

圖片繪製／攝影：
    謝穎怡、潘坤松、潘俊志、王薇淳、李佳霖、
    李翊瑄、劉　芸

教學助理：
    林昆生、劉柏宏、蘇祥澤、吳佳倫

行政助理：
    高秋如、周玟瑜、謝穎怡、王薇淳

《文學與生命的五重奏》筆記書

學生姓名：_____

系　　級：_____

學　　號：_____

文化生活叢書·詩文叢集 1301021

文學與生命的五重奏

主　　編	閱讀書寫課程教材編寫團隊	
責任編輯	吳家嘉	

發 行 人	陳滿銘
總 經 理	梁錦興
總 編 輯	陳滿銘
副總編輯	張晏瑞
編 輯 所	萬卷樓圖書股份有限公司
排　　版	浩瀚電腦排版股份有限公司
印　　刷	百通科技股份有限公司
封面設計	斐類設計工作室

發　　行　萬卷樓圖書股份有限公司
　　　　　臺北市羅斯福路二段 41 號 6 樓之 3
　　　　　電話　(02)23216565
　　　　　傳真　(02)23218698
　　　　　電郵　SERVICE@WANJUAN.COM.TW
大陸經銷　廈門外圖臺灣書店有限公司
　　　　　電郵　JKB188@188.COM

ISBN 978-957-739-905-2
2015 年 1 月再版一刷

定價：新臺幣 280 元

如何購買本書：
1. 劃撥購書，請透過以下郵政劃撥帳號：
　　帳號：15624015
　　戶名：萬卷樓圖書股份有限公司
2. 轉帳購書，請透過以下帳戶
　　合作金庫銀行 古亭分行
　　戶名：萬卷樓圖書股份有限公司
　　帳號：0877717092596
3. 網路購書，請透過萬卷樓網站
　　網址 WWW.WANJUAN.COM.TW
大量購書，請直接聯繫我們，將有專人為
您服務。客服：(02)23216565 分機 10

如有缺頁、破損或裝訂錯誤，請寄回更換
版權所有·翻印必究
Copyright©2014 by WanJuanLou Books CO., Ltd.
All Right Reserved　　　　**Printed in Taiwan**

國家圖書館出版品預行編目資料

文學與生命的五重奏 ／ 閱讀書寫課程教材編
寫團隊主編. － 再版.-- 臺北市 ： 萬卷樓，
2015.01
　　面 ；　公分. -- (文化生活叢書)
ISBN 978-957-739-905-2(平裝)
1.國文科 2.讀本
836　　　　　　　　　　　103026249